BASTEI
LÜBBE

Aus der Taschenbuchreihe CAPRICE sind nachstehende Romane erhältlich. Fragen Sie im Buch- oder Zeitschriftenhandel nach diesen Titeln:

58 063 Ein teuflisch prickelndes Gefühl
58 064 Lektion für einen Herzensbrecher
58 065 Bittersüße Zärtlichkeit
58 066 Noch einmal mit viel Zärtlichkeit
58 067 Nach einer Nacht im Paradies
58 068 Das Abenteuer, die eigene Frau zu verführen
58 069 Zwei wie Feuer und Eis
58 070 Im Zauber einer Liebe
58 071 Jede Nacht hat dein Gesicht
58 072 Eine Schwäche für die Liebe
58 073 Scheidungsgrund: Liebe
58 074 Von braven Mädchen und Ladykillern
58 075 Verführ mich doch mit Zärtlichkeit
58 076 Aufregend anregend
58 077 Dich hautnah erleben
58 078 Der Zwanzigtausend-Dollar-Tanz
58 079 Mondschein-Rendezvous
58 080 Herzflattern
58 081 Wenn ein Mann verführen will
58 082 Ivan, der Leidenschaftliche
58 083 Ein Bett für zwei
58 084 Tausendundein Versprechen
58 085 Lust auf dich
58 086 Heiße Nächte in L. A.
58 087 Der geerbte Supermann
58 088 Liebesträume
58 089 Südseezauber
58 090 Zärtlicher Rebell
58 091 Engel der Nacht
58 092 Romanze in Acapulco
58 093 Verführung im Orient
58 094 Die Eisprinzessin
58 095 Was Männer heimlich träumen
58 096 Ein Fall von Zärtlichkeit
58 097 Verführung aus Liebe
58 098 Jack und Colleen – Geschichte einer Liebe
58 099 Der Liebeskrieg
58 100 Ungezähmt
58 101 Herzflimmern
58 102 Flammendes Herz
58 103 Liebesgeflüster
58 104 Zu wild für die Liebe
58 105 Bittersüße Sehnsucht
58 106 Wenn ein Mann begehrt . . .
58 107 Versuchung einer Sommernacht
58 108 Liebesfeuer
58 109 Der Kuß der Winterbraut
58 110 Von Sehnsucht und Zärtlichkeit
58 111 Heißes Blut
58 112 Nur noch einmal dich berühren
58 113 Tage der Liebe
58 114 Der Liebestest
58 115 Herzklopfen – als wäre es Liebe
58 116 Nur ein paar Tage Zärtlichkeit
58 117 Bis du deine Sehnsucht stillst
58 118 Mit dir ein Stück der Ewigkeit

Joan Elliott Pickart

Wenn starke Frauen zärtlich sind

Ein Caprice-Roman

Ins Deutsche übertragen
von Susanne Kregeloh

BASTEI
LÜBBE

BASTEI-LÜBBE-TASCHENBUCH
Band 58 119

Erste Auflage:
April 1994

Published by arrangement
with Bantam Book, a division of
Bantam Doubleday Dell Publishing
Group, Inc., New York
Caprice-Romane stammen aus der
amerikanischen Taschenbuch-
Reihe ›Loveswept‹

Deutsche Lizenzausgabe 1994
Bastei-Verlag
Gustav H. Lübbe GmbH & Co.
Bergisch Gladbach
Originaltitel: Angels Singing
Titelillustration:
Mariano Perez Clemente
Norma Agency, Barcelona
Umschlaggestaltung:
Quadro Grafik, Bensberg
Satz: VID Verlags- und
Industriedrucke GmbH & Co. KG,
Villingen-Schwenningen
Druck und Verarbeitung:
Clausen & Bosse, Leck
Printed in Germany

ISBN 3-404-58119-9

Der Preis dieses Bandes
versteht sich einschließlich der
gesetzlichen Mehrwertsteuer.

1

Er hatte dieses Geräusch noch nie zuvor gehört, und dennoch gab es für Andrew Sloan keinen Zweifel daran, daß das harte metallische Klicken das Spannen eines Gewehrhahns gewesen war. So wie er sich hingekauert hatte, erstarrte er, seine Hände ruhten noch auf den Gurten des Rucksacks, den er abgenommen und auf den Boden gelegt hatte.

Das Herz schlug ihm bis zum Halse, als er abwartete. Nur die Geräusche des Waldes drangen an sein Ohr – das Wispern des kalten Windes in den Bäumen, das Zwitschern der Vögel, der gedämpfte Ruf eines Eichhörnchens.

Die Sekunden verstrichen mit zermürbender Langsamkeit; Schweiß lief ihm den Rücken hinab.

Er sah sein bisheriges Leben an sich vorbeiziehen und dachte, daß er eigentlich zu wütend war, um hier reglos zu verharren. Was zuviel war, war zuviel.

»Und jetzt?« fragte er, ohne seine Position auch nur um einen Zentimeter zu verändern. »Was haben Sie vor? Wollen Sie mir den Kopf wegpusten, oder darf ich erst noch mal telefonieren?«

»Heben Sie die Hände hoch, und stehen Sie auf. Aber ganz langsam.«

Eine Frau? dachte er ungläubig. Es war eindeutig eine Frauenstimme gewesen. Er wurde von einer Frau mit einem Gewehr in Schach gehalten. Aber in erster Linie war es ein herber Schlag für sein Ego, daß ihn überhaupt jemand derart hatte überrumpeln können. Andrew bildete sich auf seine Fähigkeiten, sich in der Natur zurechtzufinden, etwas ein, und seine fünf Sinne waren rasierklingenscharf trainiert.

Nun, dieses Mal nicht, dachte er. Wer auch immer dieses Flintenweib sein mochte, er war absolut unvorbereitet erwischt worden. Verdammt.

»Mister«, sagte die Frau, »bewegen Sie sich. Stehen Sie vorsichtig auf. *Los!*«

Andrew seufzte, hob seine Hände bis auf Schulterhöhe hoch und richtete sich langsam auf. Seine Kiefer hatte er vor Wut fest zusammengepreßt.

»Drehen Sie sich zu mir um«, forderte die Frau ihn auf. »Irgendeine schnelle Bewegung und – glauben Sie mir – Sie werden es bereuen.«

Während er die Anweisungen befolgte, unterdrückte er einen derben Fluch. Nachdem er sich umgedreht hatte, sagte er: »Das ist lächerlich. Es gefällt mir absolut nicht . . .«

Er hielt mitten im Satz inne, als ob er vergessen hätte, was ihm absolut nicht gefiel. Seine Augen weiteten sich, und er starrte die Frau an, die nur wenige Meter entfernt vor ihm stand.

Ja, sie zielte mit einer Waffe auf ihn, mit einem Gewehr, um genau zu sein. Und ja, der Hahn war gespannt, genau wie Andrew vermutet hatte.

Neben ihr stand ein grauschwarzer Schäferhund. Ein riesiger Schäferhund, der so aussah, als ob er Männer wie Andrew – einsfünfundachtzig groß, hundertachtzig Pfund schwer – als schmackhaften Appetithappen vor dem Mittagessen verschlingen würde.

Alle diese Einzelheiten prägten sich Andrew innerhalb von Sekunden ein, ehe er seine ganze Aufmerksamkeit auf die Frau selbst richtete.

Sie war eines der verwirrendsten weiblichen

Geschöpfe, an denen seine Augen sich je hatten weiden können.

Sie war groß, ungefähr ein Meter fünfundsiebzig schätzte er, trug ausgebleichte Jeans – ihre Beine waren so lang, daß man meinte, sie reichten von hier bis in die nächste Woche – und ein blaukariertes Flanellhemd, unter dem sich volle Brüste abzeichneten.

Ihr Haar war eine wilde Mähne, die bis weit über ihre Schultern fiel, und es war so dunkel und glänzend wie eine polierte Kastanie.

Und ihr Gesicht . . . Herr im Himmel, sie war wunderschön. Andrew war sicher, daß sie kein Make-up trug, daß der Schimmer ihrer Haut echt war. Ihre Augen waren groß und dunkel und wurden von langen Wimpern umrahmt, für die manche Frauen einen Mord begangen hätten. Ihre Nase war niedlich – wie die eines kleinen Mädchens – und das verhinderte, daß ihre Schönheit zu perfekt wirkte, zu einschüchternd. Aber ihre Lippen . . . ihre Lippen waren vollkommen, wie geschaffen zum Küssen, zum Küssen und . . .

»Was tun Sie hier?« fragte sie und riß ihn aus seinen Phantasien.

Andrew dachte stirnrunzelnd, daß er diese Frau den ganzen Tag lang anschauen könnte und das sicherlich nicht als langweilig betrachten würde. Aber mit ihr sprechen? Das konnte man offenbar vergessen. Sie war unfreundlich, unverfroren und grob und schien so nett und angenehm zu sein wie eine Zwiebel.

»Ich mache eine Wanderung, Eure Hoheit«, erwiderte er und unternahm keinen Versuch, seinen Sarkasmus zu verbergen. »Als ich das letzte Mal nachgeschlagen habe, gab es kein Gesetz, das das verbietet, also zielen Sie mit ihrem Gewehr auf jemand anderen.«

»Es *gibt* ein Gesetz, das widerrechtliches Betreten

fremden Eigentums verbietet«, entgegnete sie. »Behalten Sie Ihre Hände oben.«

»Meine Finger schlafen ein. Da ist gar kein Blut mehr in meinen Händen und meinen Armen. Das ist verrückt. Was glauben Sie denn, was ich in der Tasche meiner Windjacke versteckt habe? Ein Maschinengewehr? Vielleicht gefällt es Ihnen, sich wie in einem zweitklassigen Film zu benehmen, aber ich kann ohne das leben. Und ich halte mich hier *nicht* widerrechtlich auf.«

»Ganz bestimmt tun Sie das«, schleuderte sie ihm entgegen. »Sie marschieren hier über *mein* Land, *meinen* Berg.«

»Berg? Versuchen Sie's mal mit Hügel, Lady. Er hat ja eine annehmbare Höhe, aber er ist nicht annähernd ein Berg.«

»Hören Sie, Mister Wer-immer-Sie-sein-Mögen, Sie befinden sich auf dem Memory Mountain, und jeder Quadratzentimeter davon gehört mir.«

»Sloan. Mein Name ist Andrew Sloan, und ich werde jetzt meine Hände herunternehmen, Miss Memory Mountain.«

»Gut, Sie können Ihre Hände herunternehmen, aber versuchen Sie keine faulen Tricks.«

»Oh, Mann«, knurrte er und verdrehte die Augen, als er seine Arme fallen ließ.

»Und es heißt Memory Lawson.«

»Was ist?«

»Mein Name.«

»Sie meinen, dieser Hügel – Verzeihung, dieser Berg ist nach Ihnen benannt?«

»Ja, und ganz sicher halten Sie sich hier widerrechtlich auf.«

»Da waren keine Hinweisschilder, die anzeigen, daß das hier Privatgelände ist.«

»Nun, das ist es aber. Jetzt wissen Sie es, also heben Sie Ihre Sachen auf, und verschwinden Sie von hier.«

»Wie heißt Ihr Hund?« fragte er und starrte auf das riesige Tier. »Ich meine, Sie haben einen ungewöhnlichen Namen. Ich frage mich gerade, ob das bei Ihrem Hund auch der Fall ist.«

»Er heißt Boy. Auf Wiedersehn, Mister Sloan.«

Memory packte das Gewehr fester an und hoffte, daß Andrew Sloan das tun würde, was sie ihm sagte, und verschwinden würde. Sogar mit den steilen Falten auf seiner Stirn sah er für ihren Seelenfrieden einfach zu gut aus. Er hatte nicht das hinreißende Aussehen eines Filmschauspielers, aber sein markantes Gesicht – eckiges Kinn, ausgeprägte Wangenknochen, eine breite Stirn – war unbestreitbar attraktiv. Ebenso ansehnlich waren sein dichtes schwarzes Haar, das vom aufkommenden Wind zersaust wurde, und seine dunklen Augen, die die Farbe von Schokoladenplätzchen hatten.

Aber, so sagte sie sich, er war einer von diesen typischen Wochenend-Wanderern, modisch herausgeputzt mit seinen Zweihundert-Dollar-Stiefeln, brandneuen Jeans und dem marineblauen Pullover mit dazu passender Windjacke, die von dem Logo eines exklusiven Sportbekleidungsdesigners geziert wurde.

Sie kannte diesen Typ. Er lief eine Weile draußen herum, machte alle paar Meter Fotos, hielt alle fünfhundert Meter an, um Rast einzulegen, kam dann am Montagmorgen ins Büro, um jedem, der ihm nur zuhörte, von seinen gefährlichen Bergtouren und dem Leben in der freien Natur zu erzählen.

Ein Angeber, dachte sie mit einem empörten Nasenrümpfen. Umwerfend attraktiv, aber so wenig zu gebrauchen wie ein Drei-Dollar-Schein.

Sie schreckte auf, als sie hörte, daß er ihren Namen

nannte, und ihr wurde klar, daß er versucht hatte, sie auf sich aufmerksam zu machen, während sie ihn angestarrt hatte.

»Darf ich Sie Memory nennen?« fuhr er fort. »Es ist wirklich ein hübscher Name. Aber dennoch . . . Memory, würde es Ihnen etwas ausmachen, mit dem Gewehr auf etwas anderes als auf mich zu zielen? Ich lebe seit zweiunddreißig Jahren mit diesem Körper, und ich fühle mich recht wohl mit ihm. Außerdem wäre meine Mutter verzweifelt, wenn Sie mich totschießen würden. Sie wollen doch nicht meine liebe kleine Mom unglücklich machen, oder?«

Mutter? Memory wiederholte dies in Gedanken. Hieß das, daß es keine Mrs. Andrew Sloan gab? Oh, um Himmels willen, wen ging das was an?

»In Ordnung«, sagte sie. Sie sicherte die Waffe und richtete den Lauf auf den Boden. »Gehen Sie jetzt.« Mit der freien Hand machte sie eine fortscheuchende Bewegung. »Verlassen Sie meinen Berg. Gehen Sie heim zu Ihrer Mutter.«

Er verschränkte die Arme vor der Brust. »Ich lebe nicht bei meiner Mutter. Für was halten Sie mich, für ein Muttersöhnchen? Das ist wirklich beleidigend, Memory.«

»Es tut mir leid, aber Sie sagten . . .« Sie blinzelte. »Wieso entschuldige ich mich eigentlich bei Ihnen? *Sie* sind derjenige, der sich verbotenerweise auf *meinem* Land aufhält. Auf Wiedersehen, Mister Sloan.«

Plötzlich wurde Andrew klar, daß er gar nicht gehen wollte. Memory Lawson war faszinierend, wunderschön, reizend. Und offensichtlich fühlte sie sich in der Natur wohl. Diese letzte Ergänzung war bedeutend, weil er vor Jahren beschlossen hatte, daß die Frau, die er heiraten würde, ebenso viel Spaß am Leben in der freien

Natur haben mußte wie er. Natürlich erwartete er nicht von ihr, daß sie dem Campen, Wandern und Wildwasserfahren ebenso leidenschaftlich zugetan war wie er, aber ein Mindestmaß an Begeisterung dafür mußte vorhanden sein.

Bisher war die Auswahl an Frauen mit dieser Vorliebe fast gleich Null gewesen. Aber jetzt stand hier Memory Lawson, die ihren Berg mit einem Gewehr und einem Hund namens Boy verteidigte. Wunderschöne Memory Lawson. Die, so ging es ihm in der nächsten Sekunde durch den Kopf, eine Person war, die seine Nerven strapazierte wie ein Nagel, mit dem man über eine Tafel kratzte.

Andererseits war sie vielleicht nicht immer so widerborstig. Sicherlich verbrachte sie nicht ihr ganzes Leben damit, miesepetrig zu sein. Nun, es gab nur einen Weg, das herauszufinden. Er mußte sich einfach einen Plan einfallen lassen, wie er für eine Weile in ihrer Nähe bleiben konnte. Denk nach, Sloan.

»Nun«, sagte er und lächelte gewinnend, »ganz bestimmt war es ein Erlebnis, Sie kennenzulernen, Memory. Wenn jemals die Rede darauf kommen sollte, werde ich erzählen können, daß ich im Norden von Arizona eine Frau getroffen habe, die einen Hügel . . . verzeihen Sie mir . . . einen Berg besitzt, der nach ihr benannt worden ist.« *Verstand, wo bist du?* »Sie haben recht, mein Herr, es passiert nicht jeden Tag, daß ein Mann . . .«

»Auf Wiedersehen, Mister Sloan.«

Sein Lächeln schwand, und er begann, rückwärts zu gehen.

»Ja, richtig. Ich werde gehen. Grüß dich, Boy. Einen schönen Tag noch, Memory, und . . .«

»Achtung!« schrie sie.

»Was . . .«

In den nächsten Sekunden wurden Andrew zwei Dinge klar. Zum einen, daß er vergessen hatte, daß sein Rucksack auf dem Boden lag. Und zum zweiten, daß der Boden, aus dem der Memory Mountain bestand, extrem hart war. Als er fiel, hatte er instinktiv seine rechte Hand ausgestreckt, und ein stechender Schmerz fuhr ihm von den Fingerspitzen bis in die Schulter.

»Oh.« Er stöhnte und umklammerte seinen Arm. »Verdammt, ich glaub' das nicht.«

Memory ließ die Sicherheitssperre des Gewehres einrasten und lief zu Andrew hinüber. Sie ließ sich, Boy an ihrer Seite, auf die Knie fallen und legte das Gewehr auf die Erde.

Andrew stöhnte wieder.

»Würden Sie für eine Minute still sein?« fuhr sie ihn an. »All dieses Gejammere hilft auch nicht weiter.«

Andrew schaute sie finster an. »Ihr unfreundliches Benehmen ist nicht gerade das, was ich als besonders mitfühlend bezeichnen würde. Ich bin verletzt, verwundet, habe fürchterliche Schmerzen. Ich habe keinen Arm mehr, verdammt noch mal.«

»Wehe, Sie simulieren«, sagte sie. »Dann wird sich Ihre Nase gleich so anfühlen, wie Sie es von Ihrem Arm behaupten.«

»Ich simuliere nicht«, rief er und stöhnte wieder.

Er wünschte, er würde wirklich nur simulieren, wünschte, daß eine vorgetäuschte Verletzung sein brillanter Plan gewesen wäre, um eine Zeitlang bleiben und Memory besser kennenlernen zu können. Aber der Schmerz war zu wirklich. Er hatte sich sozusagen selbst ein Bein gestellt und sich dabei zum Narren gemacht. Na, großartig.

»Lassen Sie Ihren Arm los«, forderte sie ihn auf, »damit ich sehen kann, wie ernst Ihre Verletzung ist.«

»Nein.«

»Okay, auch gut. Bleiben Sie also liegen, und stöhnen Sie sich Ihr kleines Herz aus dem Leib. Das einzige Problem dabei ist, daß Sie sich immer noch widerrechtlich auf meinem Berg aufhalten.«

»Sie sind kalt«, sagte er verdrossen. »Sie haben kein Herz, sondern einen Eisklumpen. Wo bleibt Ihr Mitgefühl?«

»Ich will verdammt sein, wenn ich es weiß. Lassen Sie mich nun Ihren Arm untersuchen oder nicht?«

»Von mir aus«, sagte er nachgiebig und bewegte vorsichtig die Hand. »Aber seien Sie sanft.« Er blieb ausgestreckt auf dem Rücken liegen, den schmerzenden Arm an den Oberkörper gepreßt.

»Oh, seien Sie doch nicht so ein Baby. Bei jeder Gelegenheit kehren die Männer ihr Macho-Gehabe hervor, aber sobald ihnen etwas weh tut, benehmen sie sich wie kleine Jungen.«

»Ist das so?« fragte Andrew. Er ließ seinen Blick über sie gleiten. »Was macht Sie denn zu einer solch unübertroffenen Expertin für männliches Verhalten? Wird Ihr Mann zu einem winselnden Schwächling, wenn er sich selbst weh getan hat?«

»Ich bin nicht verheiratet. Bin es nie gewesen.«

Volltreffer, dachte Andrew. Das waren großartige Neuigkeiten.

»Und ich habe nicht vor, jemals zu heiraten.«

Das waren *keine* großartigen Neuigkeiten.

»Mein Wissen über die Männer«, fuhr sie fort, »stammt daher, daß ich während meiner sechsundzwanzig Jahre auf dieser Erde mit ihnen zu tun hatte, und sie beobachtet habe. Allgemein gesagt, sind Männer lächerlich. Außerdem sind sie das schwächere Geschlecht.«

»Nette Einstellung«, meinte Andrew trocken, »aber können Sie diese Emanzen-Predigt nicht überschlagen? Ich habe Schmerzen, erinnern Sie sich?«

Sie tauschten einen wütenden Blick, dann betastete Memory mit ihren Fingerspitzen sanft Andrews Hand. Als sie sein Handgelenk berührte, schrie er auf. Der Hund heulte mit.

»Still, Boy«, sagte Memory, »und Sie sind auch still, Sloan. Sie haben sich das Handgelenk gebrochen. Ich vermute, es ist ein glatter Bruch – nichts, worüber man sich aufregen müßte.«

»Nichts?« brüllte er los. »Sie nennen ein gebrochenes Handgelenk nichts?« Wieder umklammerte er seinen Arm und versuchte, sich aufzurichten. »Nichts, sagt sie dazu. Ich bin verstümmelt, verdammt noch mal. Wo ist das nächste Krankenhaus?«

»Ungefähr fünfunddreißig Meilen von hier.« Sie erhob sich und nahm das Gewehr wieder an sich. »Man wird Ihre Kriegsverletzung mit einem hübschen Gipsverband versehen, und damit wird's erledigt sein. Und wenn Sie nicht das ganze Spital zusammenbrüllen, bekommen Sie vielleicht sogar einen Lolli.«

Langsam und vorsichtig rappelte sich Andrew auf die Füße, wobei er fortwährend stöhnte. Doch sobald er aufrecht stand, überfiel ihn eine Welle der Benommenheit. Er schwankte und schloß seine Augen.

»He, sachte«, mahnte Memory und legte ihm eine Hand auf die Schulter. »Sie werden mir doch nicht in Ohnmacht fallen, oder?« Sie lehnte sich enger an ihn. »Andrew?«

Er öffnete seine Augen und begegnete ihrem Blick, ihre Gesichter waren nur Zentimeter voneinander entfernt. Der Wind war aufgefrischt, und es war kühl geworden – sie bemerkten es nicht. Boy ließ sich auf die Erde plumpsen und legte seinen Kopf auf die Pfoten – sie bemerkten es nicht. Dunkle Wolken zogen sich über ihnen zusammen – sie bemerkten es nicht.

Sie standen nur da und schauten sich an, schienen losgelöst von der Zeit, bewegten sich nicht, atmeten kaum.

Memory spürte plötzlich die angespannten Muskeln in Andrews Schulter, auf der ihre Hand immer noch lag. Hitze strömte von seinem Körper in ihre Hand und in ihrem Arm, breitete sich in ihrem Oberkörper aus und erfüllte ihre Brüste mit einem eigentümlichen Schmerz.

Sie ermahnte sich, ihren Blick von dem seinen loszureißen, ihm ihre Hand zu entziehen, einen Schritt wegzugehen. Aber sie konnte sich nicht rühren – Panik überflutete sie.

»Memory«, flüsterte er – so leise, daß ihr Name fast vom Wind davongetragen wurde.

Seine Stimme zu hören löste sie aus ihrer Erstarrung. Ruckartig zog sie ihre Hand von seiner Schulter und trat zwei Schritte zurück.

»Du bist eine wunderschöne Frau, weißt du das?« Seine Stimme war immer noch ein Flüstern.

»Das hat man mir schon gesagt«, erwiderte sie kühl. »Männer legen sehr viel Wert auf Äußerlichkeiten. Das ist für sie das wichtigste.«

Andrew runzelte die Stirn. »Was Männer angeht, hast du ganz bestimmt einen Komplex. Du *bist* eine wunderschöne Frau, Memory. Ich werde mich nicht dafür entschuldigen, daß ich mir dieser Tatsache bewußt bin und sie ausgesprochen habe.«

»Vergiß es.« Sie seufzte. »Ich nehme an, dein Auto, wo immer es stehen mag, hat kein Automatikgetriebe.«

»Es ist ungefähr fünf Meilen von hier, und nein, es hat Allradantrieb und eine normale Gangschaltung.« Ein Ausdruck reinster Unschuld breitete sich auf seinem Gesicht aus, als er lächelte. »Du lieber Himmel, ich kann mich unmöglich selbst ins Krankenhaus fahren, nicht wahr?«

Während sie ihn finster anblickte, wurde sein Lächeln breiter. Gott, sie war wirklich wunderschön. Vor einer Minute hätte er sie beinahe geküßt, hätte sie fast an sich gezogen und seinen Mund auf ihre köstlichen Lippen gepreßt. Und bei diesem Manöver hätte er sich, ganz zweifellos, den anderen Arm auch noch gebrochen.

»Ich könnte ein Taxi rufen«, fügte er hinzu, als sie nichts sagte, »aber ich kann hier auf Ihrem Berg kein Telefon entdecken, Madam.«

»Du bist clever, Sloan, sehr clever. Ich bin überrascht, daß du tatsächlich fünf Meilen gewandert bist. Nun, ich schätze, ich werde dich ins Krankenhaus nach Tumbleweed fahren müssen.«

»Mach dir nur keine Umstände«, bemerkte er, dann verschwand sein Lächeln, als er wiederholte: »Tumbleweed? Dieses unbedeutende kleine Nest, durch das ich gekommen bin? Der ganze Ort besteht aus einer einzigen Straße, und ich bin sicher, daß ich kein Krankenhaus gesehen habe.«

»Es ist auch nicht gerade ein Krankenhaus, eher eine Art Ambulanz. Eine ernsthafte Verletzung oder Erkrankung müßte man in Williams behandeln. Aber ganz sicher wird man in der Ambulanz mit einer so einfachen Sache wie deinem gebrochenen Handgelenk fertig.« Sie wandte sich um und ging davon, Boy schloß sich ihr an.

»He, warte eine Minute«, rief Andrew.

Sie blieb stehen und sah über die Schulter zu ihm zurück. »Was ist denn jetzt?«

»Ich kann nicht meinen Arm ruhig halten und gleichzeitig meinen Rucksack schleppen. Wenn ich meine Hand ganz fest gegen meine Brust presse, tut es nicht so weh. Das Gewicht des Rucksacks auf meinen Schultern würde sich nicht gerade toll anfühlen.«

»Mit anderen Worten, du willst, daß ich deinen Rucksack trage.«

»Nun . . .« Er hielt inne, dann schüttelte er den Kopf. »Nein, das ist keine gute Idee. Er ist viel zu schwer für dich. Ich werde ihn tragen, wenn du mir hilfst, ihn anzulegen.«

Sie trat hinter ihn, legte das Gewehr auf die Erde und trug nur Augenblicke später das Gepäckstück sicher und fest auf ihrem Rücken. Sie hob das Gewehr auf und machte sich erneut auf den Weg.

»Los jetzt«, sagte sie und sah Andrew nicht an, als sie an ihm vorbeiging. »Halt deinen Mund, Sloan, sonst könnte noch etwas hineinfliegen.«

Andrew schloß seinen Mund, denn dieser war ihm angesichts der Mühelosigkeit, mit der Memory seinen Rucksack gehandhabt hatte, tatsächlich offen stehengeblieben.

Er folgte ihr, umklammerte sein verletztes Handgelenk und starrte finster auf Memory, die mit ihren langen Beinen schnell über den felsigen Boden dahinging.

Was macht es schon, wenn sie stark ist, dachte er. Was machte es, daß sie seinen Rucksack aufgehoben hatte, als ob er mit Federn gefüllt wäre. Und dann die Art, wie sie ging. Zur Hölle, sie marschierte los, als ob sie versuchte, einen Wettlauf zu gewinnen. Offensichtlich gehörte sie zu den Frauen, die Männern beweisen mußten, daß sie ihnen in nichts nachstand. Sie würde bald aus der Puste kommen und vor seinen Augen schlappmachen.

Er war ein Fachmann, was die richtigen Methoden des

Wanderns, Kletterns und des Campens anging, er verfügte über eine ganze Palette von Sachkenntnissen, die erforderlich waren, um in der Wildnis zu überleben. Überhaupt würde sie ihre gerechte Strafe im Handumdrehen bekommen.

Inzwischen würde er die Aussicht vor sich genießen – Memorys lange, wohlgeformte Beine, die in diesen engen Jeans steckten und den aufreizenden Blick auf ein wohlgerundetes Hinterteil, das unter dem Saum ihres Flanellhemdes hervorlugte.

O ja, stellte er fest, ein sehr angenehmer Anblick. Und die Wärme, die tief in seinem Körper aufstieg, lenkte seine Aufmerksamkeit von dem zermürbenden Schmerz ab, der vom ganzen Arm bis hinauf zur Schulter Besitz ergriffen hatte.

Als eine besonders kalte Windböe über sie hinwegwehte, warf Andrew einen Blick auf den Himmel. Dunkle Wolken ballten sich rasch über ihnen zusammen, und resigniert schüttelte er den Kopf. Natürlich würde es zu regnen anfangen. Das würde genau zu diesem für ihn so lausigen Tag passen.

Wieder wurde sein Blick von der faszinierenden Frau gefangengenommen, die vor ihm herging. Nun, der Tag war kein totaler Reinfall.

Während sie weiter hinabstiegen, schätzte Andrew in Gedanken die noch vor ihnen liegende Entfernung ab und war stolz, das er über diese Fähigkeit verfügte. Natürlich war er nicht stolz darauf, daß er wie ein Tolpatsch über seinen eigenen Rucksack gestolpert war, aber passiert war passiert. Er würde diese Scharte dadurch wettmachen, daß er Memory nicht aufziehen würde, wenn sie sich ausruhen mußte.

Jetzt würden jede Sekunde ihre Schritte langsamer werden, sie würde schließlich ganz stehen bleiben. Er würde ein netter Junge sein – trotz der Schmerzen in seinem Arm. Er würde geduldig und verständnisvoll sein.

Memory setzte gleichmäßig einen Fuß vor den anderen. Sie kannte das Gelände so gut, daß sie nicht auf die Unebenheiten des Weges achten mußte.

Normalerweise genoß sie die Möglichkeit, ihren Gedanken freien Lauf zu lassen, wenn sie mit Boy lange Spaziergänge unternahm. Es kam auch vor, daß sie über nichts Besonderes nachdachte, sondern nur einen klaren Kopf bekommen und die Schönheit der Natur in sich aufnehmen wollte.

Aber in diesem Moment wäre es ihr lieber gewesen, wenn sie sich auf den Boden und ihre Schritte hätte konzentrieren müssen.

Sie wollte jetzt absolut nicht nachdenken, denn das würde bedeuten, daß sie sich der Tatsache stellen müßte, sich Andrew Sloan gegenüber wie ein zänkisches Weib aufgeführt zu haben. Mehr als einmal war sie wegen seines gebrochenen Handgelenks direkt gemein und absolut mitleidlos gewesen.

Aber ich habe keine andere Wahl gehabt, rechtfertigte sie sich. Andrew war ein attraktiver, gutaussehender Mann, dessen männliche Anziehungskraft nahezu greifbar war. Als er sie mit einem Blick aus seinen hypnotisierenden braunen Augen buchstäblich festgenagelt hatte, war sie unfähig gewesen, sich zu bewegen und kaum noch in der Lage zu atmen.

Andrew Sloan war gefährlich, und ihr einziges Ziel war es, zwischen ihnen beiden eine dicke Mauer zu errichten. Eine Mauer, die von ihr durch scharfe Worte und überhebliches Benehmen errichtet worden war und die ihren Zweck erfüllt hatte, denn viel öfter als Memory anzulächeln, starrte Andrew sie finster und grimmig an.

Und dieses Lächeln . . . Memory unterdrückte ein Seufzen. Andrew Sloan hatte ein betörendes Lächeln. Es erschien auf seinem Gesicht wie der Sonnenschein nach einem Sturm, und in seinen dunklen Augen tanzte ein funkelndes, aufforderndes Leuchten.

Er ist der Inbegriff eines Mannes, dachte Memory. Sie wollte, daß er von ihrem Berg und aus ihrem Leben verschwände – so plötzlich wie er aufgetaucht war. Er verkörperte genau das, dem sie niemals mehr zum Opfer fallen wollte.

2

Zehn Minuten später räumte Andrew widerwillig – und stillschweigend – ein, daß der Memory Mountain seinen Namen zu Recht trug. Er war zweifellos nicht nur ein Hügel. Auf der einen Seite war er nur flach angestiegen und ihn zu bewältigen hatte wenig körperlichen Einsatz gefordert, aber Memory führte Andrew jetzt in der entgegengesetzten Richtung zurück.

Sie wandte die erprobte Methode an, ein steiles Gefälle hinabzusteigen, indem sie sich seitwärts bewegte und erst einen Fuß fest aufsetzte, ehe sie den anderen bewegte. Na schön, sie hatte ein wenig Ahnung vom Bergwandern, aber sie ging immer noch viel zu schnell. Memory Lawson würde die Dumme sein und schon sehr bald nach einer Rast rufen.

Es vergingen weitere zehn Minuten.

Andrew preßte den Arm fester gegen seine Brust. Das harte Auftreten versetzte seinem Arm jedesmal einen Ruck und verstärkte so den Schmerz. Er warf einen finsteren Blick auf Memorys Rücken und verdrehte dann gequält die Augen.

»Okay, okay«, rief er. »Einen Moment, du Blitz, ich brauche ein Pause. Ich bin ein kranker Mann, falls du das noch weißt.«

Sie blieb stehen und sah zu ihm hinauf. Boy tat das gleiche.

»Oh«, fragte sie, »sind wir müde?«

»Nein, wir sind nicht müde. Wir haben Schmerzen, und wir würden gern die Möglichkeit in Anspruch nehmen, eine Atempause einzulegen.«

Er ging zu einem breiten, halbhohen Felsen, setzte sich und seufzte tief auf.

Eine ganze Weile starrte Memory ihn an, dann stieg sie langsam bergan und ließ sich neben ihm nieder. Boy ließ sich vor ihr zu Boden fallen.

»Ich . . .« begann sie, hielt dann aber inne. Sie sah unverwandt geradeaus. »Ich . . . nun, ich bin nicht sehr freundlich gewesen, und ich entschuldige mich dafür. Ich weiß, daß du Schmerzen hast und . . . nun ja, es tut mir leid, daß ich so ein Widerling war.«

Was? dachte sie. Um Himmels willen, was um alles in der Welt redete sie da? War sie nicht gerade mit sich selbst zu Rate gegangen und hatte die Notwendigkeit festgestellt, eine feste Mauer zwischen sich und Andrew zu errichten? Ja, das hatte sie.

Und war sie nicht zu dem Schluß gelangt, daß sie besagte Mauer ganz gut durch ihre scharfe Zunge und ihren Mangel an Mitgefühl für Andrews Verletzung hatte errichten können? Ja, das hatte sie.

Warum also entschuldigte sie sich plötzlich wie ein Kind, das ungezogen gewesen war. Durch ihre eigenen Worte ließ sie diesen Schutzwall in sich zusammenfallen. Menschenskind, sie war vollkommen verrückt.

»Du hast recht«, bemerkte Andrew.

Ihr Kopf fuhr herum. Sie blickte Andrew an und fragte sich unwillkürlich, ob er ihre Gedanken hatte lesen können.

»Wie bitte?« fragte sie.

»Ich habe dir nur zugestimmt«, entgegnete er. »Du bist ein alter Griesgram, ganz recht. Der Ausdruck ›kaltherzig‹ fällt mir in dem Zusammenhang auch ein. Ein gebrochenes Handgelenk ist nicht das, was ich einen tollen Spaß nenne.« Er hielt inne. »Du bist wohl, wie man so sagt, verhaltensgestört.«

Sie sprang auf die Füße. Boy folgte augenblicklich.

»Nun, du kannst dir meine Entschuldigung sonstwo hinstecken«, fuhr sie ihn an. »Vergiß nicht, Mister Sloan, daß du widerrechtlich Privatbesitz betreten hast, was nicht unbedingt ein Anlaß ist, dich mit offenen Armen zu empfangen. Außerdem finde ich es äußerst lästig, dich den ganzen Weg bis nach Tumbleweed – fünfunddreißig Komma vier Meilen, um genau zu sein – hinter mir herzuschleppen, um deine ach so furchtbare Verletzung behandeln zu lassen. Eine Verletzung, möchte ich hinzufügen, die niemals passiert wäre, wenn du dich nicht hier draußen in der Wildnis herumgetrieben hättest, weil du etwas machen wolltest, wovon du keine Ahnung hast, auch wenn du Zweihundert-Dollar-Wanderschuhe trägst.«

Sie schnappte nach Luft.

»Hiermit nehme ich meine Entschuldigung zurück«, erklärte sie und reckte ihr Kinn. »Du bist nicht nur ein Eindringling, du bist außerdem extrem grob.«

»Ich?« fragte er, und seine Augen weiteten sich. Er hievte sich hoch, sie standen sich Zehenspitze an Zehenspitze gegenüber. »*Ich* bin grob? Nicht einmal annähernd, Süße. Dieser Titel gebührt dir – und zwar in der Meisterklasse. Du bist phantastisch, wirklich wunderschön, aber . . . ach, zur Hölle.«

Ehe ihm selbst bewußt wurde, was er eigentlich tat, hatte Andrew ihr seine linke Hand in den Nacken gelegt, den Kopf zu ihr gebeugt und sie geküßt.

Ihre Lippen waren so weich und so süß, wie er es sich vorgestellt hatte. Memory zu küssen war wie eine Explosion der Sinne, wie etwas, das er bislang noch nie erfahren hatte. Sie schmeckte nach Honig, und ihr ganz besonderer Duft umhüllte ihn, eine Mischung aus Blumen und frischer Luft und etwas so ursprünglich

Weiblichem, daß es unmöglich zu beschreiben war. Die weiche Haut in ihrem Nacken fühlte sich unter seiner von der Arbeit rauhen Hand wie Samt an, und ihr Haar glitt wie Seide darüber hinweg.

Heiße, leidenschaftliche Gefühle durchströmten ihn, und er wollte sie gerade noch enger an sich ziehen, als die Natur eingriff. Die dunklen Wolken über ihnen öffneten sich, und es begann heftig zu regnen. Schwerer, kalter Regen. Regen, der beide binnen weniger Augenblicke bis auf die Haut durchnäßte und sie abrupt in die ungemütliche Wirklichkeit zurückbrachte. Für einen Moment starrten sie einander an, ehe Memory ihre Lippen fest aufeinanderpreßte und ihre Augenbrauen sich finster zusammenzogen – ein Ausdruck, den Andrew bereits an ihr kannte.

»Das reicht«, herrschte sie ihn an, schnellte herum und machte sich auf den Weg.

Andrew folgte ihr und konnte wegen des Windes und des sintflutartigen Regens ihr Schimpfen kaum verstehen.

»Ich werde eine Lungenentzündung bekommen und sterben«, murrte sie, »weil wir anhalten mußten, um Seine Königliche Hoheit ausruhen zu lassen. Er ist so überflüssig wie Zahnweh.«

Andrew lächelte. Einen Moment lang vergaß er den Schmerz in seinem Arm und seine durchnäßte kalte Kleidung. Einen Moment lang durchlebte er noch einmal diesen Kuß. Es war nicht seine Absicht gewesen, Memory zu küssen, er hatte es ganz spontan getan – aber was für ein Kuß war das gewesen.

Und der Regen war im Grunde auch nicht so übel. Ihm war es zu verdanken, daß Andrew sich nicht länger nur ausmalen mußte, was unter Memorys Flanellhemd verborgen war. Das nasse Hemd umschloß sie wie eine zweite Haut, modellierte den sanften Schwung von ihrer schmalen Taille bis zu ihren ansprechend gerundeten Hüften.

Sensationell.

Doch so großartig Memorys Anblick jetzt war, so konnte Andrew doch nicht länger den Schmerz in seinem Arm und die Kälte ignorieren, die er bis auf die Knochen spürte.

Memorys nächste Worte bestätigten, daß sie sich nicht glücklicher fühlte.

»Mir ist kalt!« rief sie mit lauter Stimme, um den Sturm zu übertönen. »Ich hätte genauer auf diese Wolken achten müssen. Das Aprilwetter ist hier sehr schwer vorauszusagen. Ich habe schon an einem Tag Frühlingsblumen gesehen, und am nächsten hat es dann wieder geschneit.« Sie blickte auf den Schäferhund, der vor ihr hertrottete.

»Boy liebt den Regen, so ist wenigstens einer glücklich. Stimmt's, Boy?«

Boy wedelte mit dem Schwanz und bellte einmal, so als ob er alles, was sie gesagt hatte, damit bestätigen wollte. Lächelnd wandte sich Memory zu Andrew um, und er erwiderte dieses Lächeln augenblicklich. Schnell schaute sie wieder nach vorn, konzentrierte sich auf den Weg.

Verdammt noch mal, dachte sie. Kein Mann durfte ein solches Lächeln haben. Und kein Mann sollte in der Lage sein dürfen, durch einen simplen Kuß ihr Innerstes nach außen zu wenden. Dafür, daß er so anmaßend gewesen war, hätte sie ihn schlagen sollen. Doch wenn sie es getan hätte, wäre sie eine Heuchlerin gewesen. Sie hatte diesen Kuß ebenso sehr genossen, wie sie glaubte, daß er es getan hatte, und gerade das machte ihr Angst. Männer wie er sollten nicht einfach so aus dem Nichts auf ihrem

Berg auftauchen. Dies hier war ihr Hafen, ihr sicherer Platz, und Andrew gehörte *nicht* hierher. Zur Hölle mit ihm!

»He«, rief er plötzlich. »Wie weit müssen wir noch laufen, um zu . . . Na, großartig. Ich weiß nicht einmal, wohin wir eigentlich gehen. Falls du dich verlaufen haben solltest, Memory Lawson, solltest du das jetzt zugeben. Noch eine schlechte Nachricht mehr kann diesen Tag auch nicht mehr schlimmer machen, als er es ohnehin schon ist.«

Sie blieb stehen und drehte sich zu ihm um, das Gewehr hielt sie wie ein Baby in ihren Armen. Boy wandte sich auch um, mit hängender Zunge stand er da und wedelte mit dem Schwanz.

»Ich habe mich nicht verlaufen, Sloan.« Sie sprach langsam und bedächtig, Zorn schwang in jedem einzelnen ihrer Worte mit. »Ich kenne hier jeden Zentimeter so gut wie meinen eigenen Namen. Ich bin hier geboren. Ich habe mein ganzes Leben hier verbracht, bis auf die Zeit, als . . .«

Ihre Stimme verlor sich. Sie wandte ihren Blick von ihm ab, als sie sich den Regen mit einer ruckartigen Bewegung aus dem Gesicht wischte.

Andrew ging auf sie zu und blieb direkt vor ihr stehen. Er nahm unbewußt wahr, daß der Regen nachgelassen hatte und jetzt stetig und ruhig fiel.

»Nun, das ist beruhigend«, sagte er. »Wenigstens weiß ich jetzt, daß wir uns nicht verirrt haben. Aber du hast mich neugierig gemacht. Du hast dein ganzes Leben hier verbracht, bis auf die Zeit, als du . . . bis auf welche Zeit?«

»Das ist nicht wichtig«, entgegnete sie und sah auf einen Punkt über seiner rechten Schulter. »Ich wollte dir nur klarmachen, daß es einfach unmöglich ist, daß ich mich hier verlaufe.«

Er nickte. »Richtig, weil du hier seit sechsundzwanzig Jahren zu Hause bist, außer als du . . . Überläßt du es meiner Phantasie, diese Lücke zu füllen? Ich könnte mit ein paar tollen Vorschlägen aufwarten.« Er runzelte die Stirn. »Laß mich überlegen . . . Außer, als du im tiefsten Afrika Safaris geleitet hast oder als du in Paris Katzendiebin warst und die reichen Leute ausgenommen hast oder als du . . .«

Sie unterbrach ihn lachend. »Ich denke, dein Handgelenk *und* dein Verstand haben gelitten.«

Er starrte sie an, sein Gesichtsausdruck war ernst. »Memory, dein Lachen ist einer der wunderschönsten Klänge, die ich je gehört habe. Es ist wirklich . . .«

»Andrew, können wir dieses Geplaudere unterbrechen. Wir haben es nicht mehr weit, und es ist lächerlich, hier im Regen zu stehen und Unsinn zu reden.« Sie wandte sich um. »Laß uns gehen.«

Jetzt ist sie wieder so miesepetrig, dachte Andrew, während er ihr folgte. Aber nichts konnte die Erinnerung an ihr Lachen aus seinem Gedächtnis löschen oder den Geschmack und das Gefühl ihrer Lippen auf seinen.

Fünf Minuten später, als der Regen in ein leichtes Nieseln übergegangen war, erreichten sie den Fuß des Berges, und Memory führte Andrew durch eine Gruppe dichtstehender, hoher Tannen. Auf der anderen Seite des Wäldchens erstreckte sich saftig-grünes, flaches Land vor ihnen. Jenseits einer Koppel stand ein Haus, aus dessen zwei Schornsteinen Rauch aufstieg – es war ein willkommen heißender Anblick.

»Nettes Plätzchen«, stellte Andrew fest, als sie näher gingen. »Es wirkt sehr . . . ursprünglich. Ich meine damit, daß es perfekt hierher paßt. Die Scheune dahinten und die Weiden sind ein schöner Anblick. Es sieht wirklich aus wie eine Ranch aus dem guten alten Westen.«

»Andrew«, sagte Memory, »es *ist* eine Ranch – eine Ranch im modernen Westen, auf der gearbeitet wird. Es ist *meine* Ranch, und ich leite sie.«

»Du machst Witze. Du bist verantwortlich für diesen Betrieb? Was baust du an oder . . . nun, was immer ein Mensch heutzutage auf einer Ranch tut.«

»Pferde. Ich züchte einige der besten Pferde in Arizona.«

»Das ist wirklich etwas, Memory«, sagte er nickend. »Ich bin beeindruckt.«

»Das solltest du auch sein«, erwiderte sie und konnte ein Lächeln nicht verbergen. »Ich bin sehr gut in dem, was ich tue.«

»Ich bin sicher, daß du das bist. Du mußt . . . hm, eine Menge Zeit im Freien verbringen. Du kommst bestimmt in rauhem Gelände gut zurecht und offensichtlich reitest du. Gehst du jemals campen?«

»Ja, wenn die Fische gut beißen. Es gibt nichts, was dem Geschmack von frisch geangeltem Fisch, der über einem Feuer aus Büffelgras geröstet wird, vergleichbar wäre.«

»Du hast das *ganz genau* erfaßt«, sagte er. »Köstlich reicht einfach nicht aus, um diesen Genuß zu beschreiben.«

»Oh?« Überrascht sah sie ihn an. »Gibt es dort, wo du herkommst – wo immer das sein mag – ein Restaurant, das tatsächlich Fisch über einem Feuer auf Büffelgras zubereitet?«

»Ich komme aus Santa Barbara und nein, ich rede nicht von dem Fisch, den ich in einem Restaurant essen kann.«

»Santa Barbara, Kalifornien«, sagte sie nachdenklich.

»Eine stinkvornehme Stadt, um es bescheiden auszudrücken, mit einer Menge Geld und Millionären und Berühmtheiten. Nein, danke, ich verzichte.«

»Du bist sehr schnell darin, Menschen abzustempeln, Memory, und immer denkst du Negatives. Männer benehmen sich wie jammernde kleine Jungs, wenn sie sich verletzen, Santa Barbara ist eine Lasterhöhle, weil dort wohlhabende Leute wohnen. Weißt du, es ist wirklich nicht fair, auf diese Weise zu kategorisieren.«

Sie zuckte mit den Schultern. »Ich habe ein Recht auf meine Meinung. In keinem Gesetz steht geschrieben, daß sie sich mit deiner decken muß, Sloan.«

»Ich denke, daß du ziemlich borniert bist . . . Lawson.«

»Fein. Nun, da wären wir also endlich«, fuhr sie fort, als sie die Auffahrt vor dem Haus überquerten. »Wir werden hinten durch die Kleiderkammer gehen. Wenn wir Tinas Fußboden ruinieren, würde uns das nicht gut bekommen.«

»Wer ist Tina?«

»Meine Haushälterin. Sie lebt hier.«

Während sie an der Hausseite entlang zum hinteren Teil gingen, musterte Andrew Memorys Zuhause. Das einstöckige Farmgebäude war riesig, es war aus roten Ziegeln gebaut und hatte ein Schindeldach.

Sehr hübsch, stellte er fest. Der Stall und die etwas weiter entfernt gelegenen anderen Gebäude waren dunkelrot, der überwiegende Teil der Zäune weiß gestrichen. Für jemanden, der seine Nase über die wohlhabenden Leute in Santa Barbara rümpfte, war Memory offensichtlich finanziell recht gut gestellt. Ein Anwesen wie dieses finanzierte man nicht aus der Portokasse.

Memory zog die Hintertür auf, und sie traten in einen

Raum, der ungefähr drei mal vier Meter groß war und einen Betonboden hatte. An einer Wand waren drei Reihen von Haken angebracht, an denen Jacken, Hemden und Texashüte hingen.

Am anderen Ende des Raumes stand etwas, das wie eine Dusche aussah. Auf einem Tisch daneben lag ein Stapel flauschiger Handtücher.

Nachdem sie Andrews Rucksack abgestreift hatte, rieb Memory ihr Gewehr trocken und stellte es dann in ein Regal, in dem schon ein anderes Gewehr und drei Flinten standen. »Deine Waffe war tatsächlich geladen, oder?« fragte Andrew.

»O ja, ich habe selbst dafür gesorgt. Aber ich habe sie nicht mit Schrot geladen!«

»Nein?«

»Nein. Ich verwende Steinsalz.«

»Steinsalz.« Er runzelte die Stirn. »Steinsalz?«

Sie wandte sich zu ihm, ihre Hände auf die Hüften gestemmt, ein Lächeln auf dem Gesicht, und er hätte fast laut aufgestöhnt. Nicht wegen der Schmerzen, die sich in jedem Zentimeter seines Körpers ausgebreitet zu haben schienen, aber wegen der Welle heißen Begehrens, die augenblicklich seinen Körper durchströmt hatte. Ihm war klar, daß Memory keine Ahnung davon hatte, was für einen verführerischen Anblick sie bot, wie sie so in ihren nassen, enganliegenden Kleidern dastand. Ihre ungebändigten Haare lagen wie ein weicher Vorhang um ihr Gesicht, betonten ihre unglaublich dunklen Augen und ihre sinnlichen Lippen.

Es war ihm kaum möglich, ihr zuzuhören, als sie ihm lachend sagte, daß er wohl mehr Respekt vor Steinsalz haben würde, falls sie auf seinen Allerwertesten gezielt und dann abgedrückt hätte.

Vor was Andrew im Moment tatsächlich Respekt

hatte, war die Weisheit des Schöpfers, die den weiblichen Körper mit solch verführerischen Kurven ausgestattet hatte. Memorys Hemd hatte sich, als sie die Hände in die Hüften gestemmt hatte, über ihren vollen Brüsten gespannt, und Andrew konnte sich kaum zurückhalten, dorthin zu starren.

Ein Mann, dachte er spöttisch, konnte von einer Frau wirklich so weit um seinen Verstand gebracht werden, daß dieser besagte Mann doch tatsächlich *froh* war, sich das Handgelenk gebrochen zu haben und deswegen die Frau noch nicht verlassen zu müssen.

Memory ließ sich unterdessen weiter über Steinsalz aus. Man könnte damit niemanden ernsthaft verletzen, aber es würde teuflisch brennen und die Haut gerade soweit durchdringen, um das Sitzen für eine Weile zu einer schmerzhaften Erfahrung werden zu lassen.

Andrew lächelte vage und nickte, als ob ihre Ausführungen darüber, was sie als neue Definition von ›Salz in die Wunde streuen‹ vorziehen würde, die faszinierendste Sache wäre, von der er je gehört hatte.

Tatsächlich jedoch gab er seinem Körper strenge Anweisung, die Beherrschung zu wahren. Er fragte sich auch, was sich zwischen ihm und der wunderschönen Memory Lawson wohl entwickeln könnte. Schon allein einfach nur neben ihr zu stehen erregte seine Sinnlichkeit. Wenn er sie nicht bald wieder küssen würde, würde er wahrscheinlich auf der Stelle seinen Verstand verlieren.

»Steinsalz«, sagte eine andere Stimme und brachte Andrew zurück in die Wirklichkeit. »Ich erinnere mich an ein junges Mädchen, das eine Ladung davon in sein Hinterteil bekommen hat, als sie Charlie Fergusons Obstgarten einmal zu oft geplündert hat.«

Eine kleine, untersetzte Frau, die ungefähr Anfang

Fünfzig sein mochte, war in den Raum gekommen. Sie hatte graumeliertes Haar, das sie im Nacken zu einem Knoten geschlungen hatte, einen olivfarbenen Teint und ein freundliches Lächeln.

Das, so sagte sich Andrew, mußte Tina sein.

»Ach das«, sagte Memory. Sie räusperte sich. »Das ist schon lange her. Tina, ich möchte dich mit Andrew Sloan bekanntmachen, Andrew, das ist Tina Toricelli, meine Haushälterin – obwohl das nur einer ihrer zahlreichen Titel ist.«

»Hallo«, sagte Andrew.

»Es ist mir ein Vergnügen«, erwiderte Tina. »Ihr zwei seht wie ertrunkene Ratten aus. Du weißt, daß du in dieser Jahreszeit immer auf den Himmel achten mußt, Memory.«

»Natürlich weiß ich das. Mister Sloan hat widerrechtlich den Memory Mountain betreten, Tina. Als nächstes ist er dann über seinen eigenen Rucksack gestolpert und hat sich sein Handgelenk gebrochen.«

»Jetzt warte aber mal eine Minute . . .« fiel ihr Andrew ins Wort.

»Unser Marsch hierher«, fuhr Memory jedoch fort, als hätte er nichts gesagt, »wurde beträchtlich dadurch verzögert, daß Andrew sich ausruhen mußte.«

»He!«

»Jetzt müssen wir erst mal zusehen, daß wir trocken werden«, sprach sie weiter, als ob er sich wieder nicht zu Wort gemeldet hätte, »und ich muß ihn nach Tumbleweed fahren, damit sein Handgelenk gegipst werden kann.«

»Was für ein Abenteuer«, sagte Tina. »Ich vermute, daß du ihm damit gedroht hast, auf ihn zu schießen.«

»Da haben Sie verdammt recht, das hat sie getan«, bestätigte Andrew. »Wie sollte ich denn ahnen, daß ich über einen Privathügel gewandert bin? Sie tauchte aus dem Nichts auf – mit ihrem riesigen Gewehr und diesem Killerhund.«

Boy wedelte mit dem Schwanz.

Tina verdrehte ihre Augen. »Was soll das Gezänk? Ihr zwei klingt wie Kinder auf dem Spielplatz. Memory, geh duschen und dich umziehen. Andrew, ich werde Ihr Handgelenk, schienen und meinen Mann aus der Scheune hereinrufen, damit er Ihnen helfen kann, aus diesen nassen Sachen zu kommen und was Trockenes anzuziehen. Sie sind größer als er, aber wer sich etwas borgt, darf nicht wählerisch sein.« Sie sah zurück zu Memory. »Du bist ja immer noch da. Los jetzt.«

»Oh«, sagte Memory. »Sofort.« Sie eilte aus dem Raum.

»Erstaunlich«, bemerkte Andrew, als er zusah, wie sie ging. »Sie hat überhaupt keine Widerworte gegeben.«

»Sie weiß, daß das besser ist«, sagte Tina und ging zum Wandtelefon. »Ich war schon hier, als sie geboren wurde. Und seit sie vierzehn war, habe ich sie großgezogen. Bei ihrer Mama Tina veranstaltet sie kein Theater.« Sie nahm den Hörer ab. »Und Sie tun auch, was ich Ihnen gesagt habe, Andrew, wenn Sie wissen, was gut für Sie ist.«

»Ja, Madam«, sagte er und nickte schnell.

»Fein.«

Im Badezimmer des Elternschlafzimmers stand Memory unter dem heißen Wasserstrahl der Dusche und schloß die Augen.

Eine Welle von Müdigkeit erfaßte Memory, und sie seufzte. Sie sehnte sich danach, zwischen die gestärkten

Laken ihres Bettes schlüpfen und tagelang schlafen zu können.

Sie fühlte sich nicht körperlich, aber emotional ausgelaugt. Das unerwartete Auftauchen Andrew Sloans auf ihrem Berg und die beunruhigende Wirkung, die er auf sie ausübte, hatten eine tiefe Schwäche in ihr hervorgerufen.

Sie öffnete die Augen und griff nach dem Shampoo, und wenig später wusch sie ihr Haar mit mehr Vehemenz als eigentlich erforderlich war.

Die alte Schulweisheit stimmt nicht, dachte sie. Sich gehörig den Kopf zu waschen reichte nicht, um Andrew aus ihren Gedanken zu verbannen. Und sie mußte ihn noch die ganze Strecke bis nach Tumbleweed fahren, dort warten, während sein Handgelenk geröntgt und versorgt wurde, und dann . . .

»Dann was?« fragte sie laut, was zur Folge hatte, daß sie einen Schwall Wasser in den Mund bekam und sich verschluckte.

Memory keuchte und hustete, dann begann sie, die Seife aus ihrem Haar zu spülen.

Na, großartig, dachte sie ärgerlich. Andrew würde nicht in der Lage sein, mit dem Schaltknüppel zurechtzukommen, nicht einmal, nachdem sein Handgelenk verarztet worden wäre. Sie würde ihn zurück auf die Ranch bringen müssen, würde ihm erlauben müssen zu bleiben, bis ein Freund oder Verwandter zu seiner Rettung kommen würde.

Verdammt. Sie wollte ihn hier nicht haben. Er war einfach zu männlich, zu gutaussehend und zu faszinierend, wenn er dieses tödliche Lächeln aufsetzte.

Und als er sie geküßt hatte . . . Sie war der festen Überzeugung gewesen, ihre Sinnlichkeit und ihr Verlangen vor sechs Jahren begraben zu haben, und jetzt, nach nur wenigen Stunden mit Andrew, begannen all diese Wünsche in ihr wach zu werden.

Sie stellte die Dusche mit einer heftigen Drehung des Wasserhahns aus und trocknete sich mit einem riesigen Handtuch ab. Während sie ihre Haare fönte, hielt sie sich selbst einen Vortrag.

Durch den Ranchbetrieb hatte sie ständig mit Männern zu tun. Diejenigen, die ihr Avancen gemacht hatten, waren durch einen eisigen Blick oder eine scharfe Bemerkung sofort auf ihren Platz verwiesen worden. Unmißverständlich hatte sie ihnen klargemacht, daß sie sich auf verbotenem Terrain bewegten.

Sie stand in dem Ruf, eine ausgezeichnete Pferdezüchterin zu sein, die ausschließlich Geschäftsfrau und in keiner Weise an irgendwelchen Techtelmechteln interessiert war.

So wie sie jeden anderen Mann behandelte, der ihren Weg kreuzte, genau auf diese Art mußte sie auch Andrew behandeln. Er war da, er würde bald fortgehen, und damit wäre alles erledigt.

»Ausgezeichnet«, lobte Memory sich, als sie das Badezimmer verließ.

Gekleidet in Jeans, Stiefel und einen leuchtend roten Pullover lief sie die Treppe hinunter. Als sie die Küche betrat, blieb sie abrupt stehen, und ihre Augen weiteten sich, als ihr Blick auf Andrew fiel.

»Du lieber Gott«, sagte sie und konnte nur mit Mühe ihr Kichern unterdrücken, »siehst du nicht fast wie ein Super-Dressman aus?« Die Jeans, die Andrew trug, endeten oberhalb der Knöchel, und die Manschetten seines Flanellhemdes verfehlten seine Handgelenke um gute zehn Zentimeter.

Statt einer Antwort starrte er Memory nur finster an.

»Andrew ist größter als Franco«, erklärte Tina, als sie

damit fertig war, eine Armschlinge hinter Andrews Nacken zu verknoten. »Sie sind fertig, Andrew. Ihr Handgelenk ist geschient, die Schlinge wird es ruhighalten, und Sie haben zwei Aspirin genommen. Das ist das Beste, was wir hier für Sie tun können. In Tumbleweed wird man Sie fachgerecht behandeln.«

»Vielen Dank, Tina«, sagte Andrew und warf Memory einen weiteren grimmigen Blick zu. »Ich weiß Ihre Hilfe und Francos Sachen zu schätzen. Sie und Ihr Mann sind sehr freundlich.«

»Was ist mit mir?« fragte Memory. »Ich bin auch freundlich. Ich bin diejenige, die dich nach Tumbleweed fahren wird, oder etwa nicht?«

»Du bist . . .« Andrew unterbrach sich, als er sie anschaute. Sie war einfach sensationell in diesem roten Pullover. Was er aus ihren dunklen Haaren und Augen und ihrem Pfirsich-und-Sahne-Teint machte, war einfach unglaublich. Und dann waren da wieder diese Lippen. »Du bist . . .«

»Ich bin was?« wollte sie wissen.

»Nun ärgere ihn nicht, Memory«, mischte sich Tina ein. »Andrew hat Schmerzen und will sich mit dir nicht länger herumkabbeln, da bin ich sicher. Und jetzt setzt ihr zwei euch hin und nehmt euch von der Pastete und dem Kaffee. Das wird vorhalten, bis ihr zum Essen wieder zurück sein werdet.«

»Wir haben keine Zeit für einen Imbiß«, wandte Memory ein. »Die Straßen werden vom Regen aufgeweicht sein, und ich werde langsam fahren müssen.«

»Ich hätte gern etwas Kaffee und Pastete«, sagte Andrew, während er wieder am Tisch Platz nahm.

»Sloan«, sagte Memory und kniff die Augen zusammen, »du bist aufdringlich.«

»Lawson, ich nehme nur Tinas freundliches Angebot

an. Sie ist eine sehr *höfliche* Lady. Hin und wieder solltest *du* auch versuchen, *nett* zu sein. Es könnte dir gefallen.«

Tina lachte. »Andrew, seien Sie still. Jetzt sind Sie derjenige, der Streit sucht. Hier ist ein Kompromiß nötig. Nehmen Sie sich etwas von der Pastete, aber vertrödeln Sie keine Zeit beim Essen.«

»Mmm«, stieß Memory hervor – es gelang ihr, absolut mürrisch zu klingen –, ließ sich auf einen Stuhl fallen und klopfte mit den Fingern der einen Hand auf die Tischplatte. »Mmm.«

Im Handumdrehen hatte Tina eine Pastete und Kaffee vor ihnen aufgebaut. Memory begann zu essen, aber Andrew blickte stirnrunzelnd auf seinen Teller.

»Ich bin Rechtshänder«, erklärte er. »Wie soll ich das hier essen?«

»Wenn du glaubst, daß ich dich füttern werde, bist du verrückt«, sagte Memory. »Nimm deine Gabel, spieß ein Stück Pastete damit auf und ziele dann auf deinen Mund. Vielleicht bist du ja erfolgreich.« Sie zuckte die Schultern. »Wenn die Pastete in deinem Ohr landet, solltest du es aber doch besser sein lassen.«

»Mmm«, meinte Andrew und ahmte dabei den Ton nach, den Memory vorher angeschlagen hatte. »Im Fach *Freundlich sein* bist du erstklassig durchgerasselt, Memory.«

»Oje, oje!« rief Tina und lachte. »Ihr seid mir ja zwei.«

Während Andrew versuchte, ein Stück Pastete mit der Gabel in der linken Hand zum Mund zu manövrieren, warf Memory verstohlene Blicke zu ihm hinüber.

Es kostete sie jedes bißchen Willenskraft, das sie hatte, um nicht über den Tisch zu greifen, ihm die Gabel aus der Hand zu nehmen und ihn zu füttern. In ihrer Phantasie tauchte das Bild auf, wie sich seine Lippen über dem Stück Pastete schlossen, während sein Blick die ganze Zeit über auf Memory gerichtet war. Das Szenario war seltsam erotisch, äußerst provozierend.

Ein Schauer durchlief Memory, und sie stieß die Gabel in ihre Pastete, die dabei fast vom Teller rutschte.

Entschlossen sagte sie sich, daß absolut nichts Attraktives an einem Mann war, dem die Kleidung so lächerlich zu klein war. Aber Andrew war so blaß, trotz seiner Bräune. Sie wußte, daß er Schmerzen litt, aber was das anging, war er ein guter Schauspieler und kämpfte dagegen an, wie ein kleiner Junge, der eine schwierige Aufgabe lösen wollte.

Er sah verletzlich und lieb aus, wie jemand, der eine tröstende Umarmung brauchte, und liebend gern wäre Memory aufgesprungen, um sich freiwillig für diese Aufgabe zu melden.

Memory, hör auf damit, ermahnte sie sich. Sie hatte sich wieder in der Hand und ihre Selbstkontrolle zurückgewonnen. Sie würde dieses komische Flattern in ihrem Bauch und die Wärme, die tief in ihr pochte, ignorieren. Jetzt gerade. *Haltung, Memory Lawson, Haltung.*

Die Stille in der Küche wurde vom Zuschlagen einer Tür unterbrochen. Memory legte ihre Gabel hin und erhob sich schnell. Andrew schaute sie fragend an, und dann, einen Augenblick später, weiteten sich seine Augen wie im Schock.

Ein kleines Mädchen mit langen kastanienroten Zöpfen stürmte in den Raum, ihre dunklen Augen glänzten.

»Heather«, rief Memory und breitete ihre Arme aus. »Hallo, Schätzchen.«

Das Kind warf sich in Memorys Arme, und Andrew starrte das Paar an, seine Gabel hielt er immer noch auf halbem Wege zu seinem Mund in der Luft.

»Hallo, Mommy«, sagte Heather. »Ich bin zurück aus der Schule. Kann ich auch etwas Pastete haben?«

3

Schweigen herrschte in der Kabine des kleinen Lastwagens, als Memory langsam die morastige, ungepflasterte Straße entlangfuhr. Weder sie noch Andrew hatten ein Wort gesagt, seit sie vor fünfzehn Minuten die Ranch verlassen hatten.

Andrew schaute sie an, dann wandte er seinen Kopf und starrte aus dem Seitenfenster.

Er spürte förmlich die Mauer, die Memory zwischen ihnen errichtet hatte. Ihr verschlossener Gesichtsausdruck, die gerade Haltung ihrer Schultern und ihres Rückens, ihr fester Griff um das Lenkrad – all das drückte die Botschaft aus, daß sie in Ruhe gelassen werden wollte.

Na schön, dachte er. Aber wenn er etwas sagen wollte, würde er das tun. Und er wollte reden. Was erwartete Memory denn von ihm? Sollte er so tun, als wäre die kleine Heather nicht in der Küche aufgetaucht und hätte ihrer ›Mommy‹ nicht verkündet, daß sie aus der Schule zurück war?

Andrew hatte einen merkwürdigen Druck in seiner Kehle verspürt, als er den zärtlichen, liebevollen Ausdruck auf Memorys Gesicht gesehen hatte, während sie ihre Tochter in die Arme geschlossen und hochgehoben hatte.

Dann hatte Memory das Mädchen wieder heruntergelassen und Heather und Andrew miteinander bekannt gemacht. Dabei war sie darum bemüht gewesen, sorgsam seinen Blick zu meiden. Das kleine Mädchen hatte ihn angeschaut und dann gefragt, ob er ein Wehweh am Arm hätte, und hatte ihm erzählt, daß sie fünf Jahre alt war. Endgültig hatte sie sein Herz erobert, als sie ihm gesagt hatte, daß es in Ordnung wäre, wenn er weinen müßte, weil sein gebrochener Knochen ihm ganz, ganz fürchterlich weh täte.

Tina hatte eine Pastete vor Heather hingestellt, zusammen mit einem Becher Milch, den ein Bild von Minnie und Mickey Mouse geschmückt hatte.

Memory war geschäftig hin und her gelaufen, hatte ihr schmutziges Geschirr in die Spüle gestellt, Jacken zusammengesammelt, hatte mit Heather über die Fahrt nach Tumbleweed geplaudert, die nötig war, damit Dr. Sanchez Andrews Handgelenk eingipsen könnte, hatte Heather aufgetragen, sich umzuziehen und Tina brav zu gehorchen, und versprochen, daß Mommy rechtzeitig zum Abendessen zurück sein würde.

Und jetzt, dachte Andrew, sind wir hier. Memory und er in der Welt des Schweigens, und sie verhielt sich, als hätte sie ihn am Straßenrand aufgelesen und befolgte nun ihren Grundsatz, nicht mit Fremden zu sprechen. Zum Kuckuck mit diesem Unsinn.

Er drehte sich um und sah Memory wieder an. »Heather ist niedlich.«

»O Gott«, sagte Memory, und warf ihm einen raschen Blick zu. »Du hast mich erschreckt.«

»Hast du geschlafen?« fragte er und zog seine Augenbrauen hoch. »Hier drinnen ist es so still, daß du leicht hättest wegdösen können. Wie ich also sagte, deine Tochter ist ein aufgewecktes kleines Mädchen.«

»Danke.«

»Sie kommt ganz nach dir«, fuhr er fort. »Sie ist eine verkleinerte Ausgabe von dir.«

»Ja, ich weiß. Die Leute haben mich schon oft darauf angesprochen.«

»Wo geht Heather zur Schule?«

»Schule? Oh, es ist eine staatlich geförderte Einrichtung ungefähr fünf Meilen von der Ranch entfernt. Dort ist auch die Schule, und man holt die Kinder mit dem Bus ab. Ich bin dort hingegangen, als ich größer war. Heather ist seit diesem Jahr nachmittags im Kindergarten.«

»Oh, ja? Also kommt sie nächstes Jahr zur Schule. Ich wette, du wirst sie vermissen, wenn sie den ganzen Tag über nicht zu Hause ist.«

»Ja«, bestätigte Memory ruhig. »Ja, das werde ich. Sie ist . . . nun, sie ist mein Sonnenschein.«

Andrew nickte. »Ich mag die Art, wie du das gesagt hast. Es stimmt tatsächlich. Ich kann leicht erkennen, daß sie selbst den schwärzesten Tag erhellen kann. Ja, Heather Lawson ist das Lächeln in Person.«

Memorys Kopf fuhr herum, und sie sah Andrew an, dann wandte sie ihre Aufmerksamkeit schnell wieder der Straße zu, als der Lastwagen durch ein Schlagloch holperte.

»Wieso denkst du, daß ihr Familienname Lawson ist?«

Er zuckte die Schultern. »Dein Nachname ist Lawson. Bei deinen Auslassungen oben auf deinem Berg hast du verkündet, daß du niemals verheiratet gewesen bist und auch nicht vorhättest, das jemals zu sein.« Wieder ein Schulterzucken. »Ganz einfach. Ihr Name ist Heather Lawson.«

»Oh. Nun ja, ich denke, daß ich das übers Heiraten gesagt habe. Es ist hier kein Geheimnis, daß Heather keinen Vater hat. Niemand zerbricht sich den Kopf darüber. Sie ist meine Tochter, und als diese wird sie vollkommen akzeptiert.«

Andrew entging nicht die Schärfe in ihrer Stimme. »Warum verteidigst du dich so heftig, Memory? Du klingst, als ob du von mir erwartest, daß ich auf diesem Punkt herumreiten werde. Du hast Heathers Vater nicht geheiratet. Okay, schön. Das geht außer dir niemanden etwas an.«

»Aber ich frage mich einfach . . .«

»Verdammt, Memory«, unterbrach er sie und war selbst überrascht über seinen plötzlich aufflammenden Zorn. »Würdest du dich beruhigen? Was ist mit dir los? Es scheint ganz so, als ob du immer auf der Suche nach einer Auseinandersetzung wärst. Du bist immer sofort bereit, dich auf einen Kampf über zehn Runden einzulassen.«

Sie öffnete den Mund, um zu widersprechen, ihre dunklen Augen funkelten zornig, als sie ihn anschaute.

»Nein, sag jetzt nichts«, meinte er und hob abwehrend seine linke Hand. »Hör mir nur für eine Minute zu.« Er machte eine Pause, und seine Stimme war sanft, als er weitersprach. »Memory, ich bin nicht dumm. Okay? In der Minute, in der Heather in die Küche gestürmt kam und dich Mommy genannt hat, habe ich das mit dem in Verbindung gebracht, was du vorher darüber gesagt hattest, daß du nie verheiratet gewesen bist.«

»Mmm«, sagte sie stirnrunzelnd.

»Sei still. Als mir klar wurde, daß du eine ledige Mutter bist, war mein erster, letzter und einziger Gedanke der, daß, wenn deine Lage bedeutet, daß es irgendwo da draußen einen Kerl gibt, der dir weh getan hat, ich ihn gern finden und auseinandernehmen würde.«

Sie blinzelte. »Wie bitte?«

»Du hast mich verstanden. Das ist die Wahrheit, Memory. Das war meine instinktive Reaktion, und es hat sich nichts daran geändert.«

»Oh.«

O je, dachte Memory. Oh, verdammt. Sie war sich der unerwarteten und absolut unwillkommenen Tränen nur allzu bewußt, die in ihren Augen brannten. Sie wußte es, wußte es irgendwie, daß Andrew hinsichtlich seiner Gefühle für Heather ehrlich gewesen war.

Verdammt noch mal, wie sollte sie mit dem, was er gesagt hatte, umgehen? In ihrem Schutzwall war kein Platz für solche Dinge wie einen lieben, unvoreingenommenen Ritter in einer schimmernden Rüstung, der bereit war, gegen Drachen zu kämpfen.

»Glaubst du mir?« fragte er.

Sie nickte und versuchte erst gar nicht zu antworten, ehe sich der Klumpen in ihrer Kehle aufgelöst hatte.

»Gut.«

Sie sah zu ihm hinüber, und für nur einen Moment trafen sich ihre Blicke. Doch während dieses Augenblicks, der nur einen Herzschlag lang gedauert hatte, veränderte sich etwas. Irgendwie hatten sie eine Basis von größerem Verständnis und des Miteinander gefunden, begleitet von einer Spur Vertrauen, das eine glimmende, tröstende Wärme mit sich brachte.

Memory Lawson fürchtete sich bis ins Tiefste ihrer Seele.

Andrew Sloan empfand die größte Freude, die er bisher erlebt hatte.

»Gut«, wiederholte er und machte es sich auf seinem Sitz bequem. Er unternahm dabei keinen Versuch, das Lächeln auf seinem Gesicht zu verbergen.

Während der letzten Meilen bis Tumbleweed sprachen sie nicht mehr.

Tumbleweed, Arizona, war weder niedlich noch hübsch noch malerisch. Es existierte einfach, war gerade einen Straßenzug lang, und bestand aus einem Café, einer Tankstelle, einem Gemischtwarenladen mit einer kleinen Poststation in der einen Ecke und einem Waschsalon.

Die Ambulanz war in einem Haus untergebracht, in dem Jahre zuvor eine Schuhmacherwerkstatt gewesen war. Finanziert durch einen staatlichen Kredit, wurde sie von Dr. Rick Sanchez geleitet, einem großen, gutaussehenden Mann Anfang Dreißig, der mexikanisch-amerikanischer Abstammung war.

Andrew brauchte genau sechs Sekunden, um zu entscheiden, daß er Sanchez nicht mochte. Das Gesicht des Arztes hatte wie ein Feuerwerk am Nationalfeiertag aufgestrahlt, als Memory die Ambulanz betreten hatte. Seine Zähne – bei seinem breiten Lächeln konnte man sie gar nicht übersehen – mußten überkront sein. Das dachte sich Andrew jedenfalls, weil niemand solch makellos-perfekte Zähne haben konnte. Und war es denn wirklich erforderlich, daß dieser Lüstling sich so verdammt dicht neben Memory stellte?

Nachdem Memory sie miteinander bekannt gemacht und erklärt hatte, was passiert war, wandte sich Dr. Sanchez an Andrew.

»Sind Sie verheiratet«, fragte Andrew den Arzt geradeheraus.

Rick zog überrascht die Augenbrauen hoch. »Verheiratet?« wiederholte er. »Nein, Sie denn?«

»Nein.«

»Was«, schaltete sich Memory ein, »hat die Tatsache, daß niemand in diesem Raum verheiratet ist, mit Andrews Handgelenk zu tun?«

»Nichts«, antworteten beide Männer wie im Chor.

»Männer sind sonderbar«, murmelte sie.

Andrew und Rick starrten einander längere Zeit an – es war das uralte Ritual der männlichen Spezies, auf diese Weise die Stärke des Gegners abzuschätzen. Dann begann Rick, die Schiene zu lösen.

»He«, sagte Andrew, »immer sachte. Sie haben es mit einem gebrochenen Knochen zu tun, Sanchez.«

»Ich bin mir dessen bewußt, Sloan. Ich bin Arzt, erinnern Sie sich? Und wie bestreiten *Sie* Ihren Lebensunterhalt?«

»Ich bin Teilhaber einer Firma, *Sloan Baumschulen und Landschaftsgestaltung.*«

»Oh, wirklich?« fragte Memory. »Das klingt faszinierend. Andrew kommt aus Santa Barbara, Rick.«

Rick lächelte. »Aha. Auf der Durchreise hier, hm? Das ist nett.«

»Meine Durchreise«, erklärte Andrew, »hat sich verzögert. Ich kann nämlich kein Auto mit normaler Gangschaltung fahren. Stimmt's, Doktor?«

»Das Flugzeug hat man bereits erfunden«, entgegnete Rick.

Memory seufzte ungeduldig. »Das Geplaudere ist ja faszinierend, aber könnten wir jetzt hier weitermachen? Ich würde gern zur Ranch zurückfahren, ehe es wieder zu regnen anfängt. Die Straßen sind ohnehin schon schlecht genug.«

»Aber sicher«, sagte Andrew. »Mach dir keine Sorgen, Memory. Wir werden rechtzeitig zu Hause sein, um mit Heather zu Abend zu essen.«

»Gehen Sie rüber zum Röntgengerät«, forderte Rick ihn auf.

Als die Männer den Raum durchquerten, beobachtete Memory die beiden. Sie hielt den Kopf hoch erhoben, ihre Augenbrauen waren zusammengezogen.

Eine seltsame, angespannte Schwingung ging zwischen Andrew und Rick hin und her. Welches Problem sie hatten, konnte Memory sich beim besten Willen nicht erklären. Aber andererseits behauptete sie weder, in der Lage zu sein, Männer zu begreifen, noch kümmerte es sie, was in ihnen vorging. Aber dann wieder . . . Ach, vergiß es.

Sie ließ sich auf einen orangefarbenen Plastikstuhl sinken und nahm sich ein altes Exemplar von *Field and Stream.* Als sie es flüchtig durchblätterte, begann eine eindringliche Stimme in ihrem Kopf zu flüstern, eine Stimme, die ständig lauter wurde, bis Memory nicht länger ignorieren konnte, was da ständig wiederholt wurde.

Wir werden rechtzeitig zu Hause sein, um mit Heather zu Abend zu essen.

Wir werden rechtzeitig zu Hause sein, um mit Heather zu Abend zu essen.

Wir werden zu Hause sein . . .

Halt, rief Memory stumm und preßte die Fingerspitzen an ihre Schläfen. Andrew hatte das nicht so vertraulich gemeint, wie es sich angehört hatte. Er hatte einfach beliebige Worte gewählt, in die sie zuviel hineininterpretierte.

Wir werden rechtzeitig zu Hause sein, um mit Heather zu Abend zu essen.

Zum Teufel, dachte Memory, warum wiederholen sich diese Worte so beharrlich wie ein Echo in ihrem Kopf? Und warum verursachten sie ein warmes Gefühl tief in ihrem Innern?

Es war, als ob ein winziger Kobold mit einem Pinsel in ihrem Kopf herumtanzte und damit Phantasiebilder voller Leben malte. Ganz deutlich konnte sie sich, Heather und Andrew am Küchentisch sitzen und essen sehen. Sie lachten, sprachen miteinander, gehörten zusammen. Sie waren eine Familie.

O Memory, rief sie sich zur Ordnung, nicht doch. Sie konnte nicht sagen, warum ihre Gedanken gerade diese Richtung eingeschlagen hatten. Vor Jahren hatte sie sich gelobt, für Heather Vater und Mutter zu sein, und sie machte ihre Sache gut. Weder wollte noch brauchte sie einen Mann in ihrem Leben. Niemals mehr.

»Das wär's«, sagte Rick. »Ein altmodischer feuchter Gipsverband. Wir verfügen hier nicht über dieses moderne Zeugs, das blitzschnell trocknet, und mit dem Sie unter der Dusche Walzer tanzen können. Das nächste Mal, wenn Sie sich etwas brechen, Sloan, versuchen Sie es so einzurichten, daß es in der Nähe einer großen Stadt passiert.«

»Ich werde daran denken«, erwiderte Andrew.

»Halten Sie sich in den nächsten zwanzig Minuten ruhig, damit der Gips fest werden kann«, fuhr Rick fort. »Richtig trocken wird er erst in zwei Tagen sein, Sie müssen also während der nächsten achtundvierzig Stunden den Arm in einer Schlinge tragen. Während der sechs Wochen, in denen der Verband drauf bleiben muß, lassen Sie ihn nicht naß werden. Decken Sie ihn mit einer Plastikfolie ab, wenn Sie duschen. Ich werde Ihnen ein paar Schmerztabletten mitgeben, für den Fall, daß Sie heute nacht nicht schlafen können. Dieses Handgelenk wird wahrscheinlich für eine Weile weh tun – etwa wie unangenehme Zahnschmerzen. Noch Fragen?«

»Kann ich trotzdem Spaß haben?« fragte Andrew und lächelte schwach.

Rick lachte. »He, aber ja. Ein gebrochener Knochen hat dabei nicht viel zu sagen.«

Memory stand auf, durchquerte den Raum und rümpfte die Nase, als sie Andrews Arm und das Chaos auf dem Tisch betrachtete.

»Pfui Teufel«, sagte sie.

»Ich räume wohl besser auf«, meinte Rick und wandte sich zum Waschbecken um.

»Nun, Andrew, hast du deine Lektion gelernt?« fragte

Memory. »Du solltest nichts in Angriff nehmen, mit dem du nicht ausreichend vertraut bist.«

Andrew runzelte die Stirn. »Wovon sprichst du?«

»Vom Wandern. Das erfordert eine Menge mehr, als sich teure Stiefel zu kaufen und eine Jacke mit dazu passendem Pullover zu tragen. Ich bin sicher, daß dir das jetzt auch klar ist.«

»Dies hier«, sagte er und deutete auf den Verband, »war reiner Zufall, ein unglücklicher Unfall. Ich möchte dich wissen lassen, Miss Memory Mountain, daß ich wandere, zelte, Wildwasserfahrten mache und all dieses ganze Zeug, und zwar seit mehr Jahren, als ich mich erinnern kann. Ich weiß nicht, wieso du auf die Idee kommst, daß ich so eine Art verweichlichter Angebertyp bin, aber du irrst dich. Tatsächlich wäre dieser Unfall nicht passiert, wenn du mit deinem großen Schießgewehr nicht die Annie Oakley gespielt hättest.«

Memory preßte eine Hand gegen ihre Brust. »Jetzt ist alles *meine* Schuld? Das paßt ja genau.« Sie verschränkte die Arme und reckte ihr Kinn. »Männer sind solche Dummköpfe.«

»Vielen Dank«, sagte Rick, während er den Tisch mit einem Lappen bearbeitete. »Du wirst doch wohl nicht in eine deiner Litaneien darüber verfallen, wie alle Männer sind, oder? Es nervt mich wirklich, wenn du das tust.«

Andrew sah hinüber zu Rick. »Sie haben das genau erfaßt. Sie hat auch schon bei mir einige davon losgelassen. Es ist schon ziemlich nervtötend.«

Rick nickte. »Was mich angeht, so bin ich ein sehr netter Bursche. Ich verdiene es nicht, mit einem dieser Idioten in einen Topf geworfen zu werden.«

»Genau«, bestätigte Andrew. »Und mich macht es wütend, ständig gesagt zu bekommen, daß ich keine Ahnung vom Wandern hätte. Nur weil ich aus der Stadt komme, stellt sie sich vor, daß ich hier herumspiele. Sie urteilt vorschnell über Menschen, wissen Sie.«

Rick nickte wieder und fuhr fort, den Tisch zu säubern. »Dann gibt es da noch den Punkt, auf den sie oft zu sprechen kommt, daß Männer . . .«

»Würdet ihr zwei endlich euren Mund halten?« rief Memory. Andrew und Rick starrten sie an. »Hört auf, über mich zu reden, als ob ich nicht da wäre. Das ist absolut unhöflich.«

»Und ich vermute, alle Männer sind unhöflich«, sagte Andrew mit erhobener Stimme.

»Die zwei, die ich hier sehe, sind es ganz bestimmt. Ich warte im Wagen. Wenn dein phantastischer Verband so trocken ist, daß du dich damit bewegen kannst, schlepp dich nach draußen. Ich weigere mich, noch einen Moment länger hierzubleiben und mich beleidigen zu lassen.« Sie fuhr herum. »Auf Wiedersehen.«

Die beiden Männer beobachteten ihren Abgang, und beide zuckten zusammen, als sie die Tür hinter sich zuknallte.

»Ein bißchen ärgerlich«, stellte Rick fest.

»Mehr als ein bißchen«, verbesserte Andrew. »Sie ist schon eine, was? Das waren Laserstrahlen, die ihre Augen gesprüht haben. Wenn ihr Temperament in Wallung gerät, ist sie wie Dynamit.« Er starrte die geschlossene Tür an. »Ich habe noch nie jemanden wie Memory Lawson getroffen.«

»Memory ist wirklich einzigartig«, sagte Rick ruhig. »Ich weiß nicht, wie Ihre Pläne in bezug auf Memory aussehen, Sloan, aber hören Sie gut zu. Wenn Sie ihr weh tun, bekommen Sie es mit mir zu tun.«

Andrew wandte sich um und sah Rick an. »Sind Sie in sie verliebt?«

Rick seufzte. »Zur Hölle, ich weiß es nicht. Ich bin

nicht sicher, ob ich Liebe erkennen würde, selbst wenn sie mir direkt ins Gesicht springen würde. Worüber ich mir aber *ganz sicher* bin, ist, daß Memory etwas Besonderes ist. Ich werde nicht dabeistehen und zusehen, wie sie zum Opfer in einem herzlosen Spiel wird.«

»Dazu würde ich sie nie machen.«

»Dann verstehen wir uns. Es dauert noch fünf Minuten, dann bekommen Sie Ihre Armschlinge und können gehen.«

»Wieviel schulde ich Ihnen?«

»Ich werde Ihnen gleich jetzt eine Rechnung ausstellen. Diese Ambulanz muß mit einem sehr niedrigen Budget auskommen, also muß ich Ihnen etwas mehr für diese kleine Behandlung berechnen.«

»Geschenkt. Sanchez . . . Rick, Tina hat etwas darüber gesagt, daß sie Memory großgezogen hat, seit sie vierzehn Jahre alt war. Was ist mit ihren Eltern passiert?«

»Ich war damals noch nicht hier, und Memory hat nie viel darüber erzählt. Ich habe sie einmal danach gefragt, und sie sagte, sie wären gestorben. Das ist alles . . . sie sind gestorben. Aus der Art, wie sie das sagte, konnte ich schließen, daß sie über dieses Thema nicht reden wollte.«

»Sie wissen also nicht, wie sie gestorben sind?«

»Doch, ich weiß es. Es ist hier kein Geheimnis. Sie sind beim Absturz eines Privatflugzeugs umgekommen. Von den Leuten hier habe ich nur Gutes über ihre Eltern gehört. Sie waren beliebt, hoch angesehen. Sie zu verlieren, muß für ein vierzehn Jahre altes Mädchen niederschmetternd gewesen sein. Bis heute will Memory nicht darüber reden.«

Andrew nickte. »Was ist mit Heather?«

»Sie kann ein Herz im Sturm erobern, nicht wahr? Sie ist ein großartiges Kind. Aber Heather ist ein weiterer

Punkt, über den Memory nicht sprechen will. Wir haben über vieles geredet, Memory und ich, aber diese beiden Dinge sind tabu. Ich lebte seit ungefähr drei Monaten hier, als ich Memory das erste Mal traf. Sie war einige Jahre fort gewesen und tauchte dann mit einem Baby wieder auf. Sie hat das Gerede darüber buchstäblich herausgefordert, aber keiner hat sich aufgeregt. Memory war zurückgekommen, und man hat sie willkommen geheißen. Und ihre Tochter wurde akzeptiert, niemand hat Fragen gestellt.«

»Memory leitet diese große Ranch selbst?«

»Nun ja, Franco ist dort und einige Arbeiter. Franco und Tina haben alles am Laufen gehalten während der paar Jahre, die Memory fort war.« Rick sah nach Andrews Verband. »Okay, lassen Sie uns die Schlinge umlegen. Wahrscheinlich wartet Memory im Wagen auf Sie und ist ziemlich wütend. Andrew, ich habe das Gefühl, daß Ihnen eine Rückfahrt in eisigem Schweigen bevorsteht.«

»Bitte keine Witze«, sagte er. »Aber mit Ihrer Voraussage, Rick, könnten Sie verdammt recht haben.«

Die Rückfahrt zur Ranch verlief in eiskaltem Schweigen.

Es gibt Situationen, dachte Andrew, als sie an der Seitenfront des Hauses hielten, die ich lieber nicht erleben möchte.

»Gib mir die Schlüssel für deinen Wagen«, sagte Memory, während sie den Motor abstellte. »Sag mir, wo er steht, und einige von meinen Leuten werden ihn holen.« Sie öffnete die Tür des Lastwagens und stieg aus.

Andrew mußte sich abmühen, ehe es ihm gelang, die Tür mit seiner linken Hand zu öffnen. Er traf Memory neben dem Lastwagen, gab ihr die Schlüssel und erklärte dabei, wo er das Auto geparkt hatte.

»In Ordnung«, sagte sie. »Ich werde zur Scheune gehen und sehen, wer Zeit hat.«

»Memory«, rief er, als sie sich umwandte.

»Ja?« Zum ersten Mal, seit sie Tumbleweed verlassen hatten, sah sie ihn an.

»Danke dafür, daß du mich zur Ambulanz gefahren hast. Ich weiß es wirklich zu schätzen. Ich werde meine Brüder anrufen und zusehen, ob einer von ihnen lange genug von der Baumschule wegbleiben kann, um hierher zu kommen. Falls das nicht klappt, werde ich mir etwas anderes überlegen. Ich werde so schnell wie möglich von hier verschwinden, weil mir klar ist, daß mein Aufenthalt hier eine Last für dich ist.«

»Oh, nun, ich . . .«

»Hast du eine Schlafbaracke, oder wie man so etwas nennt, wo die Arbeiter schlafen? Ich kann dort für die Nacht unterkriechen.«

»Ja, es gibt eine Schlafbaracke, aber die Betten sind schmal. Du wirst deinen Arm heute nacht auf einem Kissen lagern müssen, was sehr viel angenehmer sein wird, als ihn auf der Brust liegen zu haben. Du kannst im Haus schlafen, eins der freien Zimmer hat ein Doppelbett.«

»Danke.«

»Keine Ursache.«

»Memory, schau, ich weiß, daß Rick und ich dich auf die Palme gebracht haben, aber wir meinten das nicht so. Ich entschuldige mich, falls wir dich beleidigt haben sollten. Es war nicht unsere Absicht, glaub mir.«

Sie seufzte. »Ich weiß. Ich . . . ich habe überreagiert und einen Wutanfall bekommen. Ich bin diejenige, die sich entschuldigen sollte, und ich tue es hiermit. Geh ins Haus. Ich komme später nach.«

Andrew machte keinen Schritt auf das Haus zu, als er ihr nachsah, wie sie davonging.

Memory atmete tief und langsam ein, als sie auf den Stall zuging, und runzelte dann widerwillig ihre Stirn.

Du hast dich wieder wie eine Närrin benommen, sagte sie sich. Sie hätte sich dieser Verpflichtung entziehen und Andrew bei den Arbeitern essen und schlafen lassen sollen. Aber nein, sie hatte darauf bestanden, daß er an ihrem Tisch aß und unter ihrem Dach schlief.

Sie hatte sich tatsächlich auf die Zunge beißen müssen, um nicht auch noch hinzuzufügen, daß für ihn keine Eile bestand zu gehen. Es gab schließlich viel Platz im Haus und, du lieber Himmel, nein, sein Bleiben war keine Last.

Es war dort beim Lastwagen gewesen. Memory hatte – wieder – den Fehler gemacht, in Andrew Sloans faszinierende Augen zu schauen. Eine Sekunde lang war ihr das Herz stehengeblieben, und sie hatte die ihr nun schon bekannte Wärme gespürt, die sich tief in ihr ausgebreitet hatte. Sie hatte ihn angesehen und war von seiner eklatanten, offensichtlichen Männlichkeit überwältigt gewesen, und wie die Antwort auf einen stummen Ruf war ihre Weiblichkeit erwacht.

Du lieber Himmel, sie mußte ihn so schnell wie möglich fortschicken.

»Memory, warte auf mich«, rief er.

Abrupt blieb sie stehen und wandte sich um. Mit großen Schritten kam er auf sie zu, den verletzten Arm hielt er fest gegen seine Brust gepreßt.

»Ja?« fragte sie, als er vor ihr stehen blieb.

»Ich dachte, daß ich mich dir anschließe, um mehr von deinem Betrieb zu sehen.«

»Jetzt?«

»Sicher. Warum nicht?«

»Na schön«, sagte sie und setzte ihren Weg fort.

Er ging neben ihr her. »Für welchen Zweck ist der kleine Stall dort drüben gedacht? Er sieht wie eine Miniaturausgabe des großen aus. Ist das ein Spielhaus für Heather?«

»Nein. Heather hat strengste Anweisung, niemals dorthin zu gehen. Es mag wie ein Spielhaus aussehen, aber tatsächlich ist es ein besonders gesicherter Pferdestall, in dem Thunder, unser Zuchthengst, untergebracht ist. Wenn wir eine deckfähige Stute auf der Ranch haben, müssen ihn zwei Männer mit Stricken bändigen.«

»Oh, ich verstehe.«

Aus dem Stall vor ihnen kam einer der Cowboys gelaufen und winkte Memory zu. »Mister Gladstone ist am Telefon«, rief er. »Er hat in der letzten halben Stunde schon dreimal angerufen. Er ist mindestens auf achtzig, sagt, daß Sie seinen Anruf erwarten, damit Sie planen können, wann er seine Stute von Kentucky herbringen lassen kann, um sie von Thunder decken zu lassen.«

»O verdammt«, sagte sie. »Das habe ich total vergessen. Keine Aufregung deswegen, Joe. Mister Gladstone brennt schnell mal die Sicherung durch. Ich werde gehen und ihn besänftigen.« Ohne Andrew anzusehen, eilte sie zum Stall.

Andrew runzelte die Stirn, als er sie im Innern des Gebäudes verschwinden sah, dann begegnete er Joes Blick.

»Das ist meine Schuld«, erklärte er. »Memory war in Tumbleweed, weil mein Handgelenk versorgt werden mußte.«

»Na klar, wenn Sie sich verletzt haben, ist das okay. Vom Pferd gefallen?«

»Nein, ich . . . nein.«

»Es sieht Memory gar nicht ähnlich, etwas so Wichtiges wie einen Anruf von Gladstone zu vergessen. Der Mann glaubt, daß er die besten Stuten hat, die je geboren worden sind, und er macht nur mit Memory Geschäfte. Er ist eine Landplage, aber er gibt übers Jahr eine Stange Geld für Zuchtgebühren aus. Also, ich muß wieder an die Arbeit. Bis dann.«

»Okay.«

Andrew ging unruhig hin und her, während er darauf wartete, daß Memory wieder zurückkam. Als sie endlich auftauchte, ging er ihr mit großen Schritten entgegen.

»Konntest du den Burschen beruhigen?« wollte er wissen.

»Ja. Gladstone spielt sich immer ungeheuer auf, aber er ist es wert, bei Laune gehalten zu werden.«

»Es tut mir leid, Memory. Das wäre nicht passiert, wenn du mich nicht nach Tumbleweed hättest fahren müssen.«

»Ich bin dafür verantwortlich, an solche wichtigen Dinge wie diesen Telefonanruf zu denken. Es hat nichts mit dir zu tun.«

»Doch, das hat es.«

Sie runzelte die Stirn. »Oh, ich verstehe. Jetzt wo du weißt, daß die Situation gerettet ist, kannst du leicht edelmütig sein. Ich bin mir sicher, daß du ganz andere Töne angeschlagen hättest, wenn ich gesagt hätte, daß Gladstone mir abgesagt hat und seine Stute nicht hierher bringen würde.«

»He, jetzt warte mal eine Minute . . .«

»Ja«, fuhr sie fort, als ob er überhaupt nichts gesagt hätte, »das würde dem männlich-logischen Denken entsprechen. Du würdest sagen, daß es nicht deine Schuld gewesen wäre, denn wie hättest du wissen sollen, daß ich diesen Telefonanruf erwartet habe.«

»Verdammt, Memory, das ist nicht fair. Du gehst einfach davon aus, daß ich dir die Schuld gegeben hätte, wenn das Geschäft mit Gladstone ins Wasser gefallen wäre.«

»Du hast es erfaßt, Sloan.«

»Du irrst dich, Lawson.«

»Vergiß es«, sagte sie. »Ich muß mich um eine Futterbestellung kümmern, die zu spät dran ist. Dann muß ich nach den tragenden Stuten sehen und die Arbeitspläne für morgen schreiben. Andrew, bitte, geh ins Haus und laß mich meine Arbeit erledigen.«

Er öffnete den Mund, um mit einer wütenden Erwiderung zu reagieren, schloß ihn dann aber wieder. Als er sich umdrehte und auf das Haus zuging, waren seine Lippen zu einer harten, entschlossenen Linie zusammengepreßt.

Eine Stunde später betrat Memory das Haus durch die Kleiderkammer und streifte ihre Lederstiefel ab. Als sie auf Socken in die Küche tappte, hörte sie den fröhlichen Klang von Heathers Lachen durch die Luft tanzen.

Sie sah hinüber zu Tina, die am Herd stand und kochte, und sie tauschten ein Lächeln.

»So ein glückliches kleines Mädchen«, sagte Tina.

»Ja. Das hört sich ganz wundervoll an, nicht wahr? Das Lachen eines Kindes ist viel schöner, als daß man es mit Worten beschreiben könnte.«

»Es ist wie Engelsgesang. Geh ins Wohnzimmer, Memory, und ruh dich aus. Ich werde dich rufen, wenn das Abendbrot fertig ist. Ach, da Andrew mit uns ißt – soll ich im Speisezimmer decken?«

»Oh, nein, das ist nicht nötig. Andrew ist . . .« wie ein Teil der Familie, hätte sie zu ihrem Schrecken beinahe gesagt. »Was ich meine, ist, daß Andrew sich in der Küche genauso wohlfühlt wie wir.«

Sie durchquerte den Raum, blieb dann stehen und sah wieder Tina an.

»Was du da eben über die Engel gesagt hast . . . Ich glaube, ich erinnere mich . . . Ja, und *ob* ich mich erinnere. Ich war ungefähr in Heathers Alter, und ich war in meinem Zimmer und weinte. Nur der Himmel weiß, was mich so aufgeregt hatte. Meine Mutter kam herein, nahm mich in den Arm und zog mich auf ihren Schoß.«

Memory lächelte, als sie diese kostbare Erinnerung aufleben ließ.

»Sie sagte zu mir, daß ich ruhig weiterweinen solle, aber dann wieder lächeln und lachen müßte, weil die Engel darauf warten würden. Wenn jemand lacht, weil er glücklich ist, sagte sie, dann singen die Engel. Wenn jemand weint, sind die Engel traurig.«

Tina nickte.

»Meine Mutter hat mir gesagt«, sprach Memory ruhig weiter, »daß ich nicht gedankenlos lachen oder weinen solle, sondern in mein Herz schauen müsse, um sicher zu sein, ob es ehrlich ist. Denn das, was ich täte, würde den Unterschied ausmachen – ob die Engel singen oder ob sie traurig sein würden.«

»Ja«, sagte Tina. »Du hast das sehr gut behalten. Sie hat es dir viele Male erzählt.«

»Die Engel singen, die Engel sind traurig«, flüsterte Memory. »Das ist so wunderschön.«

»Ja, und du wirst niemals zu erwachsen sein, um

diesen wundervollen Rat zu beherzigen. Geh jetzt und gib Heather einen Kuß, und dann leg vor dem Abendessen noch ein wenig die Beine hoch.«

Memory umarmte ihre Haushälterin und eilte aus dem Zimmer. Tina drehte sich wieder zum Herd um und summte dabei vor sich hin.

Als Memory den Korridor zum Wohnraum erreicht hatte, blieb sie stehen, und ihr Herz schlug schneller, als sie das Bild in sich aufnahm, das sich ihr bot.

Ein anheimelndes Feuer brannte im riesigen, gemauerten Kamin und warf seinen sanften Schein auf Andrew und Heather, die auf dem hellen Sofa beieinander saßen.

Heathers Augen blitzten, als sie zu Andrew aufsah, und auf ihrem Gesicht lag ein Ausdruck gespannter Aufmerksamkeit.

»War er nicht«, sagte sie und kicherte.

»Oh, sicher war er das, Heather-Honigkind«, entgegnete Andrew, seine Augen mit übertriebener Ernsthaftigkeit weit aufgerissen. »Dieser über zwei Meter große Bär trug einen roten Zylinderhut, einen roten Mantel und die piekfeinsten hellroten, geschnürten Tennisschuhe, die du jemals gesehen hast. Er kam genau dorthin gestapft, wo ich angelte, und er sagte mir, daß ich meine Angel aus *seinem* Fluß nehmen sollte, weil das alles *seine* Fische wären, und kein feiner Pinkel aus der Stadt dürfte sein Land betreten.«

»Meine Mommy mag auch keine Fremden auf ihrem Berg und auf ihrem Land«, sagte Heather. »Aber sie ist eine Mommy und kein Bär.«

»Sehr richtig«, stimmte Andrew kopfnickend zu. »Sie ist sogar eine ganz wunderschöne Mommy. Du siehst genauso aus wie sie, und deshalb bist du ein wunderschönes Honigkind-Heather.«

Sie überlegte und entschied dann, daß seine Worte Sinn machten. »Klar.«

»Also«, fuhr Andrew fort, »ich hatte wirklich Angst vor dem Bären. Er war sooo groß und sooo mürrisch, und ich stellte mir vor, daß er mich zum Mittagessen verschlingen würde.«

Heather wollte sich vor Lachen ausschütten und hielt sich mit den Armen ihren kleinen Bauch.

Die Engel singen, dachte Memory lächelnd. Sie waren so lieb miteinander, Andrew und Heather, ihre Zuneigung war so spontan und aufrichtig gewesen. Heather war ganz offensichtlich begeistert von Andrew, und er hatte sich völlig auf sie konzentriert, trotz seines anstrengenden Tages und der Schmerzen, die er immer noch spüren mußte.

Was für ein wundervoller Vater würde er sein, sinnierte sie. Seine Hinwendung zu Heather war ehrlich, wertvoll und kostbar. Er sollte wirklich eine Frau und Kinder haben, eine Familie.

Wir werden rechtzeitig zu Hause sein, um mit Heather zu Abend zu essen.

Seine Worte geisterten wieder durch ihre Gedanken, und sie schüttelte den Kopf, als könnte sie sie so verscheuchen. Als die Worte sich unablässig wiederholten, zwang sie sich dazu, ihre Aufmerksamkeit wieder auf die Geschichte von dem Bären zu richten, die Andrew erzählte.

»›Nun ja, ich weiß nicht recht‹, grummelte der Bär, ›warum sollte ich dir von meinem Fisch abgeben?‹ ›Herr Bär‹, sagte ich zu ihm, ›sieh dir diese feinen Fische an, die ich schon gefangen habe. Ich werde sie über einem Feuer aus Büffelgras zubereiten, und wir werden für uns beide genug zu essen haben. Dann werde ich gehen, und nie wieder einen Fuß auf dein Land setzten, es sei denn, du persönlich lädst mich dazu ein.‹«

»Was hat er gesagt, was hat er gesagt?« wollte Heather wissen und lehnte sich bei Andrew an. »Wollte er den ganzen Fisch für sich selbst behalten?«

»Nein, Madam. Er dachte eine Weile nach, und ich wartete ab. Oh, ich zitterte vor Angst und fragte mich, was in seinem großen Bärenkopf wohl vor sich ging. Dann endlich erklärte er mir, daß er mit meinem Plan einverstanden sei, weil er es nett fände, zur Abwechslung mal mit jemandem beim Essen reden zu können. Und weißt du, was ich in dem Moment entdeckt habe, Goldkind?«

»Was? Was?«

»Ich wußte, daß der Bär einsam war. Oh, er wollte nicht, daß irgend jemand das herausfindet, du verstehst schon, aber ich konnte das erkennen. Die ganze Zeit war er herumgestapft, hatte gebrüllt, hatte seine tollen Kleider getragen und hatte allen Leuten befohlen, von seinem Land wegzubleiben, aber in seinem Herzen war er ein einsamer Bär.«

»Oh«, sagte Heather, und ihre Stimme klang erstaunt. »Armer, armer Bär. Er war traurig.«

»Klar. Wir hatten ein feines Fisch-Abendbrot, und wir haben uns lange über alles mögliche unterhalten, dann habe ich mich wieder auf den Weg gemacht. Weißt du, was diese Geschichte sagen will?«

»Weiß ich nicht.«

»Nun, sie will sagen, daß es gut ist, wenn man auf sich selbst aufpassen und das, was einem gehört, beschützen kann. Aber niemand, kein großer Bär mit piekfeinen roten Tennisschuhen und kein Mensch sollte vergessen, daß man sehr, sehr einsam sein wird, wenn man niemals jemanden näher an sich heranläßt, nie jemandem gestattet, sein Haus zu betreten, um mit ihm das Essen zu teilen.«

Langsam nickte Heather, um zu zeigen, daß sie Andrews Geschichte verstanden hatte.

Heiße Tränen brannten in Memorys Augen, als sie zurücktaumelte, fort von der Tür und in die Halle. Sie rannte zu ihrem Schlafzimmer und stürzte hinein, schloß die Tür und lehnte sich dagegen. Tränen strömten über ihre Wangen, und ein Schluchzen stieg in ihr auf.

Verdammt, Memory, wütete sie innerlich und wischte sich die Tränen aus dem Gesicht. Andrew hatte nicht ihr eine Botschaft übermittelt; er hatte nicht einmal gewußt, daß sie dort gestanden hatte. Er hatte sich einfach nur für ein kleines Mädchen eine Geschichte über einen Bären ausgedacht.

Einen einsamen Bären . . . einen traurigen Bären . . . einen Bären, der jeden von seinem Land und von seinem Herzen fernhielt.

Genauso wie sie es tat.

Aber nein, nein, dachte sie verzweifelt, ich bin doch nicht einsam, es geht mir absolut gut. Ihr Leben verlief genau in den Bahnen, die sie gewollt hatte. Es war lächerlich, auf eine Geschichte über einen Bären mit roten Tennisschuhen derart empfindlich zu reagieren.

Neue Tränen brannten ihr in den Augen, und ihr war, als ob eine zerstörerische Kälte durch sie hindurchströmte und ihr Herz, das Allerinnerste ihres Seins, mit eisigen Fingern umkrallte.

Memory verbarg das Gesicht in ihren zitternden Händen und weinte.

Singen die Engel? flüsterte ihr Herz. *Nein, die Engel waren traurig.*

4

Andrew atmete langsam und tief die frische Nachtluft ein. Er lehnte mit dem Rücken an der Hauswand und sah in den sternenübersäten Himmel. Er sieht aus, als wären unzählig viele kostbare, funkelnde Diamanten auf dunklem Samt ausgebreitet worden, dachte er lächelnd.

Doch das Lächeln verschwand, als bohrende Gedanken die Erhabenheit der Nacht verdrängten. Irgend etwas stimmte nicht mit Memory.

Oberflächlich betrachtet, war es ihr heute abend anscheinend gut gegangen. Beim Abendessen hatte sie munter geplaudert, hatte Heather angelächelt und mit ihr gelacht, hatte aufmerksam zugehört, als das kleine Mädchen ihr von den Abenteuern erzählt hatte, die es am Nachmittag in der Vorschule erlebt hatte.

Dennoch hatte Andrew gespürt, daß etwas mit Memory nicht in Ordnung war. In ihren Augen war kein Lächeln gewesen. Ihr Lachen hatte laut und gezwungen geklungen.

Als sie in der Küche zum Abendbrot erschienen war, waren ihre Augen verquollen und leicht gerötet gewesen. Seine Frage nach dem Grund dafür war von ihr heftig damit abgetan worden, daß es eine Allergie wäre. Es gab keine Veranlassung, ihre Erklärung anzuzweifeln, doch er hatte ihr nicht geglaubt. Er würde die Ranch darauf verwetten, daß Memory geweint hatte.

Warum?

Verdammt, dachte er, und rückte den Gips bequemer zurecht. Er haßte den Gedanken geradezu, daß sie nach ihrer Rückkehr aus Tumbleweed in ihr Zimmer gegangen war und geweint hatte. Er hatte sich für die Tatsache entschuldigt, daß Rick und er sich wie die Idioten aufgeführt hatten. Nein, dieser blöde Zwischenfall in der Ambulanz war nicht bedeutend genug, um Memory derartig aufzuregen.

Was war es dann gewesen?

Er wußte es nicht.

Er fühlte sich, als ob ihr Kummer auch der seine wäre. Auf dem Berg war ein Band zwischen ihnen geschmiedet worden. Er wollte Memory seine Hilfe anbieten, wollte sie nach dem Grund für ihre Tränen fragen und dann diese Sache, was immer es auch sein mochte, aus der Welt schaffen.

»Genau so«, murmelte er vor sich hin.

Er hatte mit Memory reden wollen, um herauszufinden, was sie bedrückte, aber dieser Versuch war fehlgeschlagen. Als sie, nachdem sie Heather zu Bett gebracht hatte, wieder in die Küche zurückgekehrt war, hatte sie verkündet, daß sie in ihrem Büro noch Papierkram erledigen müßte.

Über eine Stunde hatte er im Wohnraum auf sie gewartet, ehe er aufgegeben hatte und nach draußen gegangen war. Er hätte zu Bett gehen können, aber sein Arm schmerzte. Er konnte unmöglich schlafen, ehe er nicht eine von den Schmerztabletten nehmen würde, die Rick Sanchez ihm mitgegeben hatte – eine Lösung, die für ihn jedoch nicht in Frage kam. Seine Brüder und seine Schwester zogen ihn damit auf, ein Fanatiker zu sein, was gesunde Ernährung betraf, und vielleicht übertrieb er es manches Mal. Dennoch war er gegen Drogen jeder Art.

Sein Kopf fuhr herum, als die Tür zur Kleiderkammer geöffnet wurde und Memory aus dem Haus trat.

»Hast du den Papierkram erledigt?« fragte er.

»Der ist nie erledigt«, antwortete sie und kam langsam

zu ihm herüber. »Ich bin bis zu einem akzeptablen Punkt gekommen.«

Sie blieb neben ihm stehen und lehnte sich ebenfalls zurück an die Wand. Andrew überlegte, ob er einen Weg finden könnte, Memory zu fragen, worüber sie sich aufgeregt hatte, aber in seinem Kopf herrschte völlige Leere.

»Andrew«, sagte Memory und sah ihn dabei nicht an. »Ich habe gehört, wie du Heather die Geschichte von dem Bären erzählt hast.«

Er wandte sich zu ihr, stand mit einer Schulter gegen das Haus gelehnt. »Das hast du? Ich hab' nicht gewußt, daß du dagewesen bist.«

»Das habe ich gemerkt.« Sie wandte ihren Kopf, um ihn anzusehen, der sanfte Lichtschein aus den Fenstern ermöglichte es ihnen, einander zu erkennen. »Warum hast du ihr diese Geschichte erzählt? Ganz offensichtlich hat sie ihr gefallen, und sie hat sie verstanden, aber ich frage mich, warum du gerade diese ausgesucht hast.«

Andrew zögerte. Lange starrte er vor sich hin, ehe er Memory wieder ansah.

»Das ist ein bißchen kompliziert«, antwortete er mit dunkler Stimme. »Und, nun ja, sehr persönlich. Der Bär . . . der Bär bin ich.« Er hielt inne und räusperte sich. »Okay, ich kann dir genausogut alles erzählen. Du mußt wissen, daß ich zwei Brüder habe, denen immer alles fabelhaft gelingt, einer ist älter, der andere jünger als ich. Bei allem, was sie jemals angepackt haben, waren sie immer besser als die anderen. In der Schule machten sie bei den Sportveranstaltungen mit und spielten immer in der Schulmannschaft. Diese Ehrenrolle war eine Selbstverständlichkeit für sie, und ein Buch haben sie kaum jemals angerührt.« Er lächelte flüchtig. »Ich hatte nicht ganz so viel Glück. Gott weiß, daß ich sie liebe, aber es ist ziemlich anstrengend, erwachsen zu werden und sich immer bewußt zu sein, daß man nicht so gut wie die anderen ist.«

»Haben sie gewußt, wie du dich gefühlt hast?«

»Nein, sicher nicht, weil sie mich ja auch nicht absichtlich immer übertrumpft haben. Wie dem auch sei, ich bin aus ihrem Schatten getreten, indem ich etwas angefangen habe, wofür sie sich nicht interessierten, das waren Wandern, Campen, Fischen, diese ganzen Aktivitäten draußen in der Natur.«

Memory nickte.

»Das Problem war«, fuhr er fort, »daß mein Einzelgängertum, wenn du es so nennen willst, sich auch in anderen Bereichen meines Lebens auszuwirken begann, ohne daß ich das richtig mitbekam. Es fing damit an, daß ich jeden auf Armeslänge von mir fernzuhalten versuchte, in meiner eigenen Welt lebte, mit all meinen Interessen und wo es niemandem erlaubt war, mir zu nahe zu kommen. Nachdem ich mit dem College fertig war, habe ich in unserer Firma angefangen, ganztags zu arbeiten. Ich mußte mich jetzt der bestehenden Entfremdung zwischen mir und meiner Familie stellen, Tag für Tag. Und ich mußte auch der Tatsache ins Auge sehen, daß ich ein sehr einsamer Mensch war.«

»Der Bär«, sagte sie leise.

»Ja, genau wie der traurige, einsame Bär in meiner Geschichte. Ich bin nur dankbar, daß ich rechtzeitig, bevor es zu spät war, erkannt habe, was ich getan hatte.«

O Andrew, dachte Memory. Was mochte es ihn gekostet haben, ihr all das anzuvertrauen? Er hatte ihr ein Geschenk gemacht – eine ehrliche, wertvolle Offenbarung, wer Andrew Sloan wirklich war.

Sie wollte ihn in ihre Arme nehmen und ihn trösten,

wollte ihm sagen, daß seine Geschichte vom Bären auch in ihr etwas berührt hatte.

Aber trotzdem würde sie weder ihre Hand nach ihm ausstrecken noch weiter auf das eingehen, was er ihr anvertraut hatte. Denn wenn sie es tat, könnte er ihre Worte und ihr Handeln falsch deuten, könnte es als eine Reaktion und Antwort auf ihn auf einer sexuellen, emotionalen Ebene werten.

Aber das ist – natürlich nicht – der Fall, sagte sie sich. Es war lediglich so, daß ein Mensch den augenblicklichen verletzlichen Zustand eines anderen Menschen erkannt hatte.

»Eigentlich«, sagte Andrew und riß Memory aus ihren Gedanken, »bin ich froh, daß es diese Jahre gegeben hat, weil – als ich meinen Fehler erkannt und mich geändert hatte – die Beziehung zu meiner Familie besser als je zuvor war, die Bindungen sogar noch fester. Ich habe mich auch mit meiner ganzen Kraft für die Firma eingesetzt, und es macht mir durch und durch Spaß.« Er lächelte traurig. »Manchmal tun wir uns selbst seltsame Dinge an, Memory. Ich hatte viel Glück, weil ich eine Chance bekommen habe, den Weg zurück gehen und den Schaden wiedergutmachen zu können.« Eindringlich sah er sie an. »Warum hast du nach dem Bären gefragt?«

Sie zuckte die Schultern. »Aus keinem besonderen Grund, nur aus Neugier. Es war keine der üblichen Geschichten, und ich habe mich gefragt, ob du sie dir ausgedacht und warum du sie ausgesucht hattest, um sie Heather zu erzählen. Danke, daß du mich ins Vertrauen gezogen hast.«

»Ich habe bisher niemandem davon erzählt. Wirklich niemandem.«

»Nun, ich fühle mich geehrt«, sagte sie und versuchte

zu lächeln, was ihr jedoch mißlang. Geehrt? dachte sie. Wie wäre es mit zutiefst berührt, nahe daran, in Tränen auszubrechen? Nein. Alle anderen Gefühle, die in ihr aufstiegen, waren nur darauf zurückzuführen, daß es ein langer, anstrengender Tag gewesen war. »Ich denke, ich sage jetzt gute Nacht, Andrew. Ich bin sehr müde.«

Es kostete Andrew schier unendliche Mühe, nicht die Hand nach ihr auszustrecken. Er wollte sie an sich ziehen, sie festhalten, sie küssen, ihren Duft und die Weichheit ihres Körpers genießen, wenn er sich an seinen schmiegte. Doch es war jetzt nicht die Zeit dafür, obwohl er nicht sicher war, wie er das wissen konnte. Vielleicht war es die nachklingende Erinnerung an das Abendessen, als er sich ihrer Niedergeschlagenheit so unmittelbar bewußt gewesen war. Und die Tatsache, daß er immer noch nicht den Grund für ihre Tränen kannte.

»Gute Nacht«, erwiderte er ruhig.

Sie wandte sich um und ging zur Tür.

»Memory?«

Sie blieb stehen, drehte sich aber nicht um. »Ja?«

»Bären mit roten Tennisschuhen kommen in allen Größen, Formen und in jedem Alter daher. Und manchmal, Memory, sind es weibliche Bären.«

Einen Moment lang stand sie vollkommen still, dann ging sie ins Haus.

Andrew starrte zur Decke hoch, die er in dem dunklen Schlafzimmer kaum erkennen konnte. Mitternacht war schon vorbei, und er hatte noch kein Auge zutun können. Er kam jetzt immer mehr an den Punkt, an dem ihm wohl nichts anderes übrig blieb, als eine von den Schmerztabletten zu schlucken, denn der Schmerz in seinem Arm schien mit jeder Sekunde, die verstrich, stärker zu werden.

»Ich gebe es auf«, sagte er schließlich und schwang sich aus dem Bett.

Er machte die Lampe auf dem Nachttisch an und blinzelte in der plötzlichen Helligkeit. Augenblicke später lag er wieder im Dunkeln und wartete darauf, daß Ricks Wundermittel ihm Erleichterung von dem hämmernden Schmerz verschaffen würde.

Morgen, dachte er, werde ich in der Baumschule anrufen und klären, welche Vorkehrungen getroffen werden können, damit jemand aus Kalifornien herüberkommen und mich und mein Auto abholen kann. Weder einen seiner Brüder noch seine Schwester hatte er in deren Wohnungen erreichen können, als er am Abend angerufen hatte. Und er hatte auf den Anrufbeantwortern keinerlei Nachrichten hinterlassen.

Für ihn gab es keinen Zweifel daran, daß er *nicht* von Memory Lawson fortgehen wollte. Und, um die Dinge noch weiter zu komplizieren, er wollte auch Heather nicht verlassen.

Wie ein sich langsam ausbreitender Nebel begann Schläfrigkeit von ihm Besitz zu ergreifen. Er lächelte ein wenig, als vor seinem geistigen Auge ein Bild auftauchte – von einer lachenden Heather und einer lachenden Memory.

Als Andrew am nächsten Morgen aufwachte, schien die Sonne hell ins Zimmer, und der verlockende Duft von Kaffee hing in der Luft. Und in seinem Arm verspürte er einen dumpfen, aber erträglichen Schmerz.

Er duschte und deckte dabei den Gipsverband mit einer Plastiktüte ab, die Memory ihm am vorigen Abend gegeben hatte. Erleichtert darüber, daß die Benommenheit, die die Schmerztablette bei ihm verursacht hatte, unter der heißen Dusche verschwunden war, beschloß er, nicht zu versuchen, sich mit der linken Hand zu rasieren. Er stellte sich vor, wie er unbeabsichtigt in seine Kehle schnitt, und der bloße Gedanke daran brachte ihn zum Schaudern.

Ich muß ja wie ein Strauchdieb aussehen, dachte er, als er sich mit der Hand über die harten Stoppeln auf seinem Gesicht fuhr. Aber besser, ein lebendiger Strauchdieb als ein wie aus dem Ei gepellter Toter.

Er kehrte ins Schlafzimmer zurück und war, als er seinen Seesack auf dem Fußboden entdeckte, froh, daß man ihn aus seinem Auto hierher gebracht hatte. Es war schwierig, sich anzuziehen, aber er war erleichtert, wieder seine eigenen Sachen tragen zu können – Kleidung, die ihm paßte.

In der Küche servierte ihm die fürsorgliche Tina ein riesiges Frühstück, das Andrew bis auf den letzten Krümel verdrückte. Er betrachtete das Telefon an der Wand, wußte, daß er Phil und Clark in der Baumschule in Santa Barbara anrufen müßte, und sagte sich dann, daß er das sicher auch noch tun würde . . . später.

»Memory und Heather sind bei den Pferden«, sagte Tina, als sie Andrews leeren Teller abräumte. »Gehen Sie einfach in Richtung Stall. Wahrscheinlich sind sie auf einer der Koppeln, aber Sie werden sie ohne Schwierigkeiten finden.« Sie neigte sich leicht zu ihm. »Sie *möchten* Memory doch heute morgen sehen, oder?«

Bei dieser unerwarteten Frage runzelte Andrew die Stirn. »Ja, sicher möchte ich sie sehen.«

»Schön, schön«, sagte Tina strahlend. »Und Heather?«

»Honigkind-Heather?« Er lächelte. »Sie ist ein großartiges Kind, nicht wahr?«

»O ja, ein wundervolles Kind. Sitzt Ihre Schlinge auch fest? Ja, es sieht gut aus. Nun machen Sie aber, daß Sie auf die Weide kommen. Husch. Sie haben doch gerade festgestellt, daß Sie es kaum abwarten können, Memory und Heather zu sehen.«

»Tina«, sagte Andrew und seine Augen verengten sich, »Sie würden doch nicht versuchen, uns zu verkuppeln, oder?«

Tina preßte eine Hand an ihren üppigen Busen. »Ich?«

»Sie.«

»Nun . . .«

Er lachte leise und stand auf. »Sie sind offenbar dabei zu überlegen, ob Sie Ihr Gewissen mit einer kleinen harmlosen Lüge belasten können oder nicht. Ich werde Ihnen die Sache leichter machen. *Falls* sie versuchen, uns zu verkuppeln . . .« Er machte eine Pause.

»Ja?«

»Machen Sie weiter so, Sweetheart. Ich kann jede Hilfe brauchen, die ich kriegen kann.«

Tina klatschte in die Hände. »Ich wußte es, ich wußte es. Ich hab' gefühlt, daß es in der Luft liegt, dieses wunderbare Etwas, das zwischen Ihnen und Memory vorgeht. Aber Sie haben eine gewaltig schwere Schlacht vor sich, Andrew.«

»Das ist mir klar. Memory hat um sich herum sehr dicke Mauern errichtet. Hören Sie, Tina, verstehen Sie mich nicht falsch. Ich sage nicht, daß ich in Memory verliebt bin. Ich weiß nur, daß hier etwas vor sich geht, das sehr wichtig sein könnte. Was ich möchte, ist eine Chance, das herauszufinden.«

»Fürs erste reicht das, um mein Herz zu erwärmen. Nun gehen Sie aber zu den Koppeln.«

»Ich gehe«, sagte er und ging zur Tür. »Danke für das köstliche Frühstück.«

»Sie sind jederzeit willkommen«, rief sie ihm hinterher. »Und ich danke Ihnen«, fügte sie für sich hinzu, »daß Sie in Memorys Leben aufgetaucht sind. Geben Sie nicht auf bei ihr, Andrew Sloan.«

Draußen blieb Andrew für einen Moment stehen, um seine Lungen mit der sauberen, regengewaschenen Luft zu füllen. Er nahm neue und angenehme Gerüche wahr – den süßen Duft des Heus, den kräftigen Geruch der Pferde, einen leichten blumigen Duft, der von den Wildblumen stammte, die gerade zu blühen begannen.

Die Gerüche einer Ranch, stellte er nachdenklich fest. Sie waren angenehm, erdverbunden. Und es herrschte hier eine friedvolle Stimmung, die im Stimmengewirr von Santa Barbara nicht vorhanden war. In der Ferne zwitscherten Vögel und wieherten Pferde – diese Laute waren Geschenke der Natur, verflochten mit den vereinzelten, gedämpften Stimmen der Menschen.

Gott, das hier ist ein wundervoller Ort, dachte Andrew. Die Ranch vermittelte ein Gefühl der Ordnung, alles befand sich an seinem angestammten Platz und funktionierte so, wie es sollte. Was für ein unbändiges Gefühl des Stolzes mußte Memory empfinden, wenn sie ihre Tage auf diesem Land verbrachte.

Sie hatte die Ranch nicht allein aufgebaut, das wußte er. Offensichtlich hatte das alles einmal ihren Eltern gehört, und Memory hatte es bei deren Tod geerbt. Vielleicht hatte der Memory Mountain seinen Namen vor sechsundzwanzig Jahren bekommen, um die Geburt von Memory zu feiern.

Während er sich umschaute, runzelte Andrew die Stirn. Warum hatte Memory ihr Zuhause verlassen? Und nur der Himmel wußte, wohin sie gegangen war. Was war ihr widerfahren, daß sie Jahre später mit einem Baby, ohne Ehemann, aber mit einem Komplex in bezug auf Männer, zurückgekehrt war?

Memory Lawson ist eine komplizierte Frau, dachte er, als er sich auf den Weg zu den Koppeln machte. Sie war stark, bestimmend, ließ sich von niemandem etwas vormachen. Außerdem war sie eine liebevolle Mutter, und, soweit er es gesehen hatte, ein guter Boß. Und trotzdem hatte sie diese Scheuklappen, wenn es um Männer ging. Was sie gestern geäußert hatte, daß er jegliche Verantwortung einer Schuld geleugnet haben würde, wenn Gladstone das Geschäft mit ihr abgesagt hätte, war nur ein Beispiel für ihre Einstellung.

Sie hatte ihre Anschuldigungen hervorgebracht, als ob es eine unumstößliche Tatsache sei, daß Männer für ihr Handeln keine Verantwortung übernahmen, daß sie nicht zugaben, sich im Irrtum zu befinden, wenn die Dinge schlecht liefen.

Nun, das war nicht der Fall, wenn sie es mit Andrew Sloan zu tun hatte, und das würde er ihr beweisen.

Er setzte seinen Weg langsam fort, um Erschütterungen seines Armes soweit als möglich zu vermeiden, genoß den großartigen Morgen und die geschäftigen Aktivitäten auf der Ranch. Er hatte fast die Koppel erreicht, auf der er beim Verlassen des Hauses Memory zu sehen geglaubt hatte, als er stehenblieb.

Irgend etwas geisterte in seinem Hinterkopf herum. Er konzentrierte sich, schob im Geiste die Schatten beiseite, so daß er klar erkennen konnte, was ihm keine Ruhe ließ.

Ja, da war es wieder. Bevor er gestern abend von dem Medikament benebelt in den Schlaf gefallen war, hatte eine bohrende Frage in seinem Hirn gehämmert: War Memory Lawson einsam?

Andrew ging weiter, beschleunigte seinen Schritt.

Bei Memory gab es so viele Schichten, solche unglaublichen Tiefen. Er wollte sie aufdecken, entdecken und all das verstehen, was diese verwirrende Frau ausmachte.

Und was in seinen Gedanken vorherrschend war, gestand er sich lächelnd ein, war sein brennendes Verlangen, Memory eng an sich zu ziehen und sie noch einmal zu küssen.

Sie stand bei der Weide gleich neben dem Stall und betrachtete nachdenklich das Pferd in der Umzäunung. Ihre Arme hatte sie auf den Zaun gestützt, ihr Kinn ruhte auf ihren zu Fäusten geballten Händen.

»Guten Morgen«, begrüßte er sie.

Überrascht fuhr sie herum, wandte sich vom Zaun ab und sah Andrew an. »Oh, guten Morgen. Hast du gut geschlafen?«

»Ja, nachdem ich kapituliert und eine von Ricks Schmerztötern genommen habe.« Er schwieg und schaute sie an. Sie war so wunderschön in der Morgensonne, die sie übergoß, die auf ihrem rotbraunen Haar glänzte, das zu einem Zopf zurückgebunden war. Sie trug ganz normale Kleidung, ein Baumwollhemd, eine Jacke, ausgeblichene Jeans und Cowboy-Stiefel, aber sie hätte nicht wundervoller aussehen können, wenn sie ein Seidenkleid und funkelnde Diamanten um ihren Hals und an ihren Ohren getragen hätte. Er würde sie küssen. Er mußte sie küssen, jetzt, vor ihren Rancharbeitern und den Pferden und – *Sloan, reiß dich zusammen.* Er räusperte sich. »Er ist ein netter Bursche, dieser Rick.«

»Oh? Es schien zuerst doch so, als ob ihr beide nicht miteinander auskommen würdet.«

»Wir . . . na ja, sagen wir mal, wir haben eine Übereinkunft getroffen.« Andrew fuhr mit der Hand über sein Kinn. »Entschuldige mein Aussehen. Ich war nicht mutig genug zu versuchen, mich mit links zu rasieren. Du warst ganz in Gedanken versunken, als ich eben aufgetaucht bin. Ist irgend etwas mit dem Pferd nicht in Ordnung?« Er wies mit dem Kopf zu dem Pferd in der Koppel. »Es sieht aus, als würde ihm eine Diät guttun, aber ich weiß überhaupt nichts über Pferde.«

Memory runzelte die Stirn und richtete ihre Aufmerksamkeit wieder auf das Tier. »Das ist Sugar Shoes, meine beste Zuchtstute. Sie stammt aus einer langen Reihe von Preisträgern. Sie ist nicht dick, weil sie sich überfressen hat, sondern weil sie in ungefähr sechs bis acht Wochen fohlen wird. Sie trägt da eine extrem kostbare Ware in sich.«

»Oh, ich verstehe«, sagte Andrew und nickte.

»Sugar verhält sich so, wie sie es normalerweise im ersten Stadium der Wehen tut. Sie ist unruhig, nervös, legt sich hin. Ich hoffe, es ist nur falscher Alarm. Es ist viel zu früh für sie, um ein kräftiges gesundes Fohlen zur Welt zu bringen.«

»Ich kann verstehen, warum du besorgt bist. Du hättest meine Familie in der Nacht sehen sollen, als Julie, die Frau meines Bruders Phil, meinen Neffen bekommen hat. Er heißt Trey. Wir waren ein Haufen aufgescheuchter Leute im Warteraum des Krankenhauses. Es ist ein Wunder, daß man uns nicht alle hinausgeworfen hat. Trey kam etwas zu früh, aber jetzt ist er munter und fidel. Ein großartiges Kind.«

Memory schaute ihn an. »Ihr seid alle zusammen ins Krankenhaus gegangen?«

»Aber sicher. Ich meine, es war ein bedeutendes Ereignis, und der alte Phil brauchte unseren Beistand. Er war das reinste Nervenbündel, und wir sind deshalb . . .« Andrew vestummte plötzlich und schüttelte den Kopf. »Oh, zur Hölle, Memory. Es tut mir leid. Du bist ganz allein gewesen, als Heather geboren wurde, stimmt's?«

Sie wandte sich wieder ab, um Sugar Shoes zu beobachten und reckte dabei ihr Kinn.

»Das ist nicht wichtig«, wehrte sie ab.

Andrew trat näher zu ihr, hob eine Hand und streichelte mit seinem Daumen über ihre Wange, hin und her in einer langsamen Bewegung. Ein Kribbeln tanzte über Memorys Rücken und wechselte dann in eine pulsierende Hitze tief in ihr. Sie machte einen Schritt zur Seite, zwang Andrew so, seine Hand wegzunehmen, und heftete ihren Blick auf Sugar.

»Das ist wichtig, Memory«, widersprach er mit dunkler Stimme. »Ich hasse den Gedanken, daß du ganz allein gewesen bist, als Heather zur Welt kam. So hätte es nicht sein sollen. Ich wünschte . . .«

»Laß es gut sein, Andrew.« Sie wandte den Kopf und ihre Blicke trafen sich. »Es ist länger als fünf Jahre her, und es lohnt sich jetzt nicht mehr, darüber zu diskutieren.« Es tat immer noch zu weh, um darüber sprechen zu können. Verdammt. Sie würde nie vergessen können, wie einsam sie sich in jener endlos langen Nacht gefühlt und wie sehr sie sich gefürchtet hatte. »Wo wir gerade von deinen Brüdern sprechen, hast du sie heute morgen angerufen, damit sie Vorbereitungen für deine Rückkehr nach Santa Barbara treffen können?«

Andrew sah sie lange an. »Nein, ich habe nicht telefoniert. Ich werde jetzt zum Haus zurückgehen und . . .«

»Andrew! Andrew!« rief eine Stimme.

Er drehte sich um und entdeckte zwei Weiden entfernt Heather, die auf dem Rücken eines Ponys thronte. Einer der Cowboys war bei ihr und führte das Pony an einem Leitstrick am Rand der Einzäunung entlang.

»Guck mal, Andrew! Ich reite auf meinem riesengroßen Pferd.«

»Sicher tust du das, Heather-Honigkind«, rief er zurück. »Du jagst mir einen richtigen Schrecken ein.«

Memory beobachtete ihn, als er ihre Tochter ansah, sein Lächeln war zu einem breiten Grinsen geworden. Auch wenn er jetzt lächelte, so hatte sie doch den Schmerz in seinen Augen gesehen, als sie ihn angeherrscht und gefragt hatte, ob er bereits Kontakt zu seiner Familie aufgenommen hätte. Ihre Stimme hatte kalt geklungen, um ihm deutlich zu machen, daß sie ihn so schnell wie möglich von der Ranch forthaben wollte.

Denn wieder hatte sie sich emotional in die Enge getrieben gefühlt. Als Andrew von der Geburt seines Neffen gesprochen hatte, war sie dadurch in die Zeit der scheinbar nie enden wollenden, alptraumhaften Stunden vor Heathers Geburt zurückgestoßen worden. Während er erzählt hatte, hatte sie gegen die schrecklichen Bilder angekämpft, die in ihrem Kopf herumgeschwirrt waren. Sie hatte versucht, ihnen zu entkommen – so wie ein Mensch sich verzweifelt an irgend etwas festzuklammern versucht, um aus der Tiefe eines dunklen, furchteinflößendes Abgrundes voll erstickender Wassermassen fliehen zu können.

Doch selbst als ihr diese Flucht halbwegs gelungen war, hatte Andrew sie in ein anderes emotionales Dilemma gestürzt. Er hatte ihr sein Mitgefühl gezeigt, seine Stimme war voller Betroffenheit darüber gewesen, daß sie in jener Nacht vor fünf Jahren ohne Beistand gewesen war.

Zum dritten Mal war Memory – was ihre Gefühle betraf – zu Boden gegangen, war emotional besiegt worden. Und sie hatte deshalb so zornig um sich geschlagen. Sie hatte versucht, Stein für Stein die Mauer wieder aufzurichten, die Andrew einmal mehr eingerissen hatte.

Er würde bald fortgehen. Er hätte es noch länger hinausgezögert, aber sie hatte ihn durch ihre verbale Attacke gezwungen zu handeln. Also würde er bald fortgehen.

Und je eher, desto besser, sagte Memory sich. Sie wollte nicht, daß er hierblieb, um alle ihre Prinzipien bei jeder Gelegenheit durcheinanderzubringen. Sie wollte nicht, daß er hierblieb und damit jede Nacht sinnliche Träume bei ihr auslöste, in denen sie seine Geliebte wurde. Sie wollte nicht, daß er hierblieb und sie sich in ihrer Phantasie Bilder von sich, Andrew und Heather ausmalte, lachend, einander zugetan, gemeinsam beim Essen, wie eine Familie, eine liebevolle Gemeinschaft.

Verdammt noch mal, dachte sie erbost, er muß von hier fort, und er darf nie zurückkommen. Sie konnte – und würde – den Schaden reparieren, den er ihrer einst so festen Mauer zugefügt hatte. Sie würde ihr Leben so weiterführen, wie es gewesen war, würde bald vergessen haben, daß Andrew Sloan überhaupt existierte. Sie würde Memory Lawson sein, Mutter, Rancherin, Pferdezüchterin, allein und einsam in diesem kleinen, ruhigen Winkel der Welt.

Ihre Hände umklammerten das oberste Brett des Gatters mit solcher Kraft, daß die Knöchel sich weiß färbten. Ihre Augen weiteten sich vor Entsetzen, als sie blicklos auf Sugar Shoes starrte, und ihre eigenen Gedanken mitleidlos in ihrem verwirrten Kopf hämmerten.

Allein und einsam . . . Allein und einsam . . . einsam . . . einsam . . . einsam . . .

»Memory?«

Ihr Kopf fuhr herum, und sie sah Andrew an. Er zog

die Augenbrauen zusammen, während er sie anschaute, dann zum Pferd blickte, dann wieder zu ihr.

»Nimm's nicht so schwer«, sagte er sanft. »Du weißt nicht mit Sicherheit, ob Sugar Shoes Probleme hat. Vielleicht ist es nur . . . Vergiß es. Ich hab' absolut keine Ahnung von Pferden. Mach dir keine Sorgen. Es macht mich krank zu sehen . . . verdammt.«

Frustration über seinen Mangel an Wissen über Pferde und das überwältigende Bedürfnis, Memory zu küssen, gewannen die innere Schlacht, die Andrew gegen Vernunft und Selbstbeherrschung führte. Er machte einen Schritt auf sie zu, trat nah an sie heran, legte seinen freien Arm um ihre Schultern, neigte seinen Kopf zu ihr und küßte sie.

Er ertrank in ihrem Duft, genoß ihn. Memorys weiche Lippen entfachten in ihm eine heiße Leidenschaft, die er schwer und tief in seinem verlangenden Körper spürte, und er verfluchte stumm den hinderlichen Verband, der es unmöglich machte, daß sie sich enger an ihn schmiegte. Er brannte vor Verlangen nach ihr. Sie war Memory, und dieser Kuß, genau wie der, den sie sich auf dem Memory Mountain gegeben hatten, war es wert gewesen, ein Leben lang darauf gewartet zu haben.

Trotz des Nebels des Verlangens, der ihn einhüllte, erkannte er, daß Memory ebenso leidenschaftlich auf ihn reagierte wie er auf sie, daß sie gab und nahm, und er jubelte innerlich. Das war es, das hier war der Wendepunkt seines Lebens. Dies hier war die Frau, nach der er gesucht hatte. Dies war es, was er sich immer ersehnt hatte.

Und es war, möglicherweise, für immer.

Er schmeckte ihre Lippen, diese verführerischen Lippen, und sein Kuß wurde intensiv und erregend.

Memory hatte sich in einem Strudel der Leidenschaft

verloren, deren Hitze die Kälte vertrieb, von der sie nicht einmal gewußt hatte, daß sie in ihr gewesen war. Seit langer Zeit war es so gewesen, daß sie sie als einen natürlichen Teil ihrer selbst akzeptiert hatte.

Doch jetzt, gerade so wie bei ihrem ersten Kuß, wurde sie von einer sich ständig ausbreitenden Wärme erfüllt. Jetzt war da das zauberhafte Gefühl seiner Lippen, die sich mit ihren vereinten. Jetzt war da die Kraft seines starken Armes, der sie so besitzergreifend festhielt, und es war schön und richtig so. Jetzt war da sein verwirrender Duft – nach Seife, Schweiß und nach Mann.

Und, o Himmel, wie sehr sie ihn begehrte!

»Mommy küßt Andrew!« rief Heather plötzlich. »Jetzt kriege ich einen richtigen Daddy! Andrew wird mein Daddy! Hipp, hipp, hurra!«

Memory öffnete die Augen und befreite sich aus Andrews Griff. Ihr Herz raste, und erschrocken starrte sie ihn an, als sie in die rauhe Wirklichkeit zurückgeholt wurde.

»Lieber Gott«, flüsterte sie, und ihre Stimme klang gepreßt und heiser, »was habe ich getan? Was tue ich denn?«

»Mich küssen«, sagte Andrew. Er schüttelte den Kopf, als könnte er es selbst noch nicht fassen, und ein strahlendes Lächeln breitete sich auf seinem Gesicht aus. »Du hast mich geküßt, Miss Memory Mountain, und ich muß sagen, du hast das wirklich phantastisch gemacht.«

»Sei still«, zischte sie. »Untersteh dich, noch ein Wort zu sagen.«

»Mommy!« schrie Heather. »Kann ich Betsy anrufen und ihr sagen, daß ich jetzt genau wie sie einen Daddy bekomme? Darf ich, Mommy?«

»Na, dann gute Nacht«, sagte Memory und preßte eine Hand gegen ihre erhitzte Stirn.

Immer noch lächelnd, beugte sich Andrew ihr entgegen.

»Nun, Mommy?« fragte er. »Kann Heather jetzt Betsy wegen der großen Neuigkeit anrufen?«

»Halt den Mund.« Finster starrte sie ihn an. Sie schaute zurück zur Koppel, wo Heather immer noch auf ihrem Pony saß. »Jesse«, sagte Memory und war erstaunt, daß ihre Stimme noch kräftig genug war, um so weit gehört zu werden. »Würdest du Heather bitte runtersetzen? Heather, komm her, Sweetheart.«

Eine Minute später rannte das kleine Mädchen auf sie zu, ihre Zöpfe flogen, die Augen funkelten, ein Lachen auf dem Gesicht. Sie trug eine pinkfarbene Latzhose und ein hellrosa Baumwollhemd. Kecke rosafarbene Bänder schmückten die Zopfenden.

»He, Heather-Honigkind«, sagte Andrew. »Wie geht's?«

»Heather«, sagte Memory. Sie hockte sich hin und griff nach der Hand der Kleinen. »Hör mir zu. Andrew wird *nicht* dein Daddy werden.«

Heathers Lächeln verschwand. »Wieso nicht?«

»Ja«, meinte auch Andrew, »wieso nicht?«

Memory warf ihm einen mörderischen Blick zu, dann konzentrierte sie sich wieder auf ihre Tochter.

»Betsy hat gesagt, wenn Leute sich küssen und umarmen«, sagte Heather unnachgiebig, »dann tun sie das, weil sie sich liebhaben. Und als ihre Mommy Jimmy geküßt hat, ist er Betsys Daddy geworden.«

»Nein, Heather, so ist das aber nicht immer und . . .«

»Betsy hat das aber gesagt«, beharrte Heather und hob ihre Stimme. »Und Jimmy ist jetzt ihr Daddy. Betsy hat gesagt, daß ich aufpassen soll. Denn wenn du jemanden küßt, bekomme ich auch einen Daddy. Und ich will einen.« Ihre Unterlippe begann zu zittern. »Ich möchte einen Daddy, Mommy. Ich will, ich will, wirklich. Und du hast Andrew geküßt, also wird er mein Daddy, ganz egal, was du sagst.« Sie schniefte, und ihre Augen füllten sich mit Tränen. »Das ist ganz bestimmt so.«

»Liebling«, sagte Memory, »du verstehst das nicht. Betsy irrt sich, wenn sie meint . . .«

»Nein, nein, nein«, rief Heather und zog ihre Hände weg. »Betsy weiß das, und sie hat es mir gesagt, und sie hat Jimmy als Daddy gekriegt.«

»Ich . . . ich hab' nicht gewußt, daß du einen Daddy haben möchtest«, sagte Memory. »Du hast nie etwas davon gesagt.«

»Aber ich will«, schluchzte das kleine Mädchen, Tränen liefen ihm über die Wangen. »Und ich kann einen haben, weil du Andrew geküßt hast. Du kannst die Regeln nicht brechen. Du hast mir immer gesagt, daß ich die Regeln nicht brechen darf. Wenn du nicht willst, daß Andrew mein Daddy wird, dann werde ich . . . dann werde ich dich hassen, dich hassen, dich hassen!« Sie drehte sich um und rannte zum Haus.

»Du lieber Gott«, flüsterte Memory. Langsam erhob sie sich und preßte die Fingerspitzen gegen ihre Lippen, als sie Heather nachstarrte.

»Verdammt«, sagte Andrew und schüttelte den Kopf. »Memory, was kann ich sagen? Ich habe mir so sehr gewünscht, dich zu küssen, und ich habe überhaupt nicht nachgedacht. Es tut mir leid . . . Nein, es tut mir nicht leid, daß ich dich geküßt habe, denn es war sensationell. Aber ich entschuldige mich dafür, daß ich Heather aufgeregt habe. Verdammt, was für ein Schlamassel.«

Memory seufzte. »Ich würde nichts lieber tun, als dir die ganze Schuld zuzuschieben, dich anzubrüllen und anzuschreien, aber ich kann es nicht. Ich habe deinen

Kuß erwidert, Andrew. Ich war, dummerweise, ein sehr williger und entgegenkommender Partner bei diesem Fiasko.«

»Daran ist überhaupt nichts Dummes gewesen.«

»Oh, wirklich nicht? Hast du diese Szene mit Heather schon aus deinem kurzen Gedächtnis gestrichen? Dieses Kind«, sie deutete zum Haus hinüber, »glaubt jetzt felsenfest, daß du sein Daddy wirst. Und ich werde die böse Hexe aus dem Märchen sein, wenn ich mich nicht auf diesen absurden Plan einlasse.«

Andrew grinste. »Dann heirate mich.«

»Das reicht jetzt«, entgegnete Memory und hob ihre Hände. Sie machte sich auf den Weg zum Haus.

»He.« Andrew kam ihr nach, griff nach ihrem Arm, um sie zurückzuhalten. Sie blieb stehen und schaute ihn böse an. »Ich versuche nur, die Dinge ein bißchen zurechtzurücken. Sieh mal, mir ist klar, daß das nicht komisch ist. Nun, aber es ist irgendwie niedlich. Du weißt, was ich meine? Kinder haben faszinierende Ansichten.«

Memory trat ungeduldig mit einem Fuß auf.

»Und jetzt ... hm ... was willst du Heather sagen? Sie ist wirklich ganz außer sich. Sie denkt nicht daran, die Tatsache zu akzeptieren, daß Leute sich ständig küssen.« Er schüttelte den Kopf. »Falsch, Sloan, das klingt übertrieben. Wie wär's, wenn wir ihr sagen würden, daß wir es uns überlegen werden, ob ich ihr Daddy werde.«

»Sei nicht albern.«

Ich will nicht albern sein, dachte Andrew. Dieser Kuß eben hatte ihm eine Menge Fragen beantwortet. Wenn er sich bis jetzt noch nicht in Memory verliebt hatte, so war er verdammt dicht davor.

»Ich wußte nicht«, sagte sie ruhig, »daß Heather einen Vater haben möchte. Wie hätte ich das wissen sollen? Ich dachte, wir kommen gut zurecht, wir beide. Und sie hat Franco und all die anderen Arbeiter, die immer viel Wirbel um sie machen. Sie hat nicht einmal gefragt, wo ihr Vater ist, warum er nicht bei uns ist. Ich habe einfach nicht gesehen, daß sie unglücklich ist.«

»Sei nicht so hart mit dir«, sagte Andrew. »Sie ist nicht unglücklich. Sie ist ein aufgewecktes, fröhliches kleines Kind. Ihre beste Freundin Betsy hat einen neuen Daddy bekommen, also will Heather auch einen. Es hätte ebensogut um ein Fahrrad oder eine Puppe gehen können. Es ist einfach so gewesen, daß ein Bursche namens Jimmy Betsys Mutter geheiratet hat. Wenn Betsy morgen ein Kätzchen bekommen würde, wäre Jimmy Schnee von gestern.«

Memory sah ihn skeptisch an. »Ist das so? Wieso bist du so ein Experte darin, was Kinder denken?«

Er zuckte die Schultern. »Ich bin schließlich selbst eines gewesen.«

»Es gibt Anlässe, Sloan, bei denen auch du noch dazulernen mußt. Du bist fürchterlich naiv, was diese Situation mit Heather angeht. Daß sie so plötzlich mit solcher Intensität davon spricht, einen Vater haben zu wollen, macht es ganz deutlich, daß sie schon lange – nur der Himmel weiß, seit wann – darüber nachbrütet.«

»Oh.« Andrew schwieg. »Du machst dir doch aber keine Gedanken, weil sie gesagt hat, sie würde dich hassen, oder? Ich kann mich erinnern, daß ich das auch einmal meinem Dad entgegengeschleudert habe, und er hat nicht einmal mit der Wimper gezuckt. Er sagte nur: Kein Problem, Andrew. Ich bin im Moment auch nicht gerade verrückt nach dir. Das hat mir den Wind aus den

Segeln genommen. Mein Vater ist ein großartiger Bursche.«

»Das war meiner auch«, sagte sie weich. Sie holte tief Luft. »Nein, daß sie meint, mich zu hassen, ist normal. Kein Elternteil hört das gern, aber es ist so. Der wichtige Punkt ist, daß Heather sich verzweifelt einen Vater wünscht und daß sie jetzt glaubt, ich sei das einzige Hindernis, das dir im Wege steht, diese Rolle zu übernehmen.«

Das Wiehern eines Pferdes veranlaßte Memory, zum Stall zurückzuschauen.

»Oh, Sugar Shoes, nicht jetzt. Wenn sie wirklich Wehen bekommt . . . Herrgott, immer kommt alles auf einmal.«

»Du bist nicht allein, Memory. Das Problem mit Heather ist meine Schuld, und ich werde alles, was möglich ist, tun, um die Situation zu bereinigen.«

Sie hielt ihren Blick auf das Pferd gerichtet. »Ich habe dir gesagt, daß ich meinen Teil Verantwortung übernehme für . . . für das, was passiert ist. Aber dennoch gibt es etwas, was du tun kannst, und ich fühle, daß das im Moment das beste sein wird.«

»Sag es mir, und ich tue es für dich.«

Sie reckte ihr Kinn empor und blickte Andrew direkt in die Augen. »Ich möchte gern, daß du die Ranch sofort verläßt. Ich werde einige der Arbeiter dafür abstellen, dir zu helfen. Einer kann dich in deinem Wagen nach Tumbleweed fahren, ein anderer kann euch folgen und den Fahrer dann mit zurücknehmen. Deine Familie kannst du von Rick aus anrufen, und sicher hat man in der Ambulanz ein Bett für dich, bis jemand dich abholen kommt.«

»Aber . . .«

»Es ist die einzige Möglichkeit, Andrew. Ich werde Heather nicht davon überzeugen können, daß Betsy etwas Falsches gesagt hat, wenn du immer noch hier bist und sie in ihrer Hoffnung bestärkst. Du mußt gehen. Sofort.«

5

Geh. Sofort.

Memorys Worte hallten schmerzhaft in Andrews Kopf wider, während er ihr nachsah, als sie auf das Haus zueilte. Sein Blick glitt von ihr hinüber zur Koppel, wo Franco stand und sich jetzt nachdenklich Sugar Shoes ansah.

Ein seltsames, kaltes Gefühl des Alleinseins ergriff Andrew, während er auf den Boden starrte. Es war, als ob Memory einen Kreis in den Staub gezeichnet hätte, eine Abgrenzung, innerhalb derer er zu bleiben hatte. Es war ein Gebiet voller Schatten, kalt, dunkel und einsam.

Geh. Sofort.

Er hatte Memory Lawson geküßt, und, bei Gott, diese Küsse waren phantastisch gewesen. Seine Leidenschaft war ständig stärker geworden, sein Verlangen nach Memory so intensiv, daß es ihn bis ins Mark erschüttert hatte.

Zu diesem Verlangen hatten sich aber noch andere Gefühle gesellt. Er war nahe daran, sich in Memory zu verlieben. Vielleicht war er es auch schon.

Geh. Sofort.

Verdammt, er wollte nicht fortgehen, seine Sachen zusammenpacken und im Sonnenuntergang verschwinden. Memory lebte hier, Heather lebte hier, und genau hier sollte er auch sein.

Um was zu tun? fragte er sich. Um noch mehr Aufregung zu verursachen? Er hatte Unruhe – und das nicht zu knapp – verursacht, seit er über seinen Rucksack gestolpert war und Memorys Leben gründlich durcheinandergebracht hatte. Jetzt hatte er auch noch Heather aufgeregt und sie zum Weinen gebracht, als sie ihren geheimen Wunsch offenbart hatte, einen Daddy haben zu wollen.

Er räumte ein, daß es verständlich war, wenn Memory ihn von der Ranch fortschickte. Für sie war er ein störender Faktor gewesen, seit sie ihn angetroffen hatte, als er widerrechtlich auf ihrem Privatberg herumspaziert war.

Andrew seufzte und ging dann zurück zum Haus. Es gab nichts, worüber er sich mit Franco hätte unterhalten können. Alles, was Andrew über Pferde wußte, beschränkte sich darauf, daß John Wayne in seinen Filmen auf ihnen geritten war.

Und seine großen Reden, die er darüber geschwungen hatte, daß Heather heute einen Vater und morgen eine Katze haben wollte, waren absoluter Unsinn gewesen. Er hatte überhaupt keine Ahnung vom Seelenleben kleiner Kinder.

Mit Baumschulen kannte er sich aus. Er wußte darüber Bescheid, wie man in der Wildnis zurechtkam, beim Wandern, Zelten und Fischen. Aber im Moment standen die Leute, denen er mit seinen Kenntnissen auf diesen beiden Gebieten nützlich sein konnte, nicht gerade Schlange bei ihm. Er war auf der Ranch absolut überflüssig, es war eine Schande. Seit er angekommen war, hatte er nur Schaden angerichtet.

Und deshalb würde er gehen.

Für den Moment.

Andrew beschleunigte seine Schritte. Ja, er würde fortgehen, aber da gab es eine Tatsache, die so sicher war, wie das Amen in der Kirche – er würde wiederkommen.

Memory saß auf der Kante von Heathers Himmelbett und hielt das kleine Mädchen auf ihrem Schoß.

»Und genauso hat es meine Mutter mir erklärt«, sagte sie, »als ich so alt war wie du jetzt. Wenn du unglücklich bist, Heather, ist es gut zu weinen, aber denke daran, daß die Engel warten.«

»Aber, Mommy, können die Engel nicht noch etwas länger warten? Ich muß weinen, weil du nicht willst, daß Andrew mein Daddy wird.«

»Die Engel werden warten«, antwortete Memory. »Aber das wird auch nichts ändern. Betsy hat sich geirrt, und das mußt du akzeptieren. Tränen ändern die Dinge nicht.«

Heather seufzte. »Ja, dann werde ich nicht mehr weinen, nicht wenn die Engel darauf warten, wieder singen zu können und so.«

»So ist es richtig. Die Engel singen, die Engel sind traurig.«

»Die Engel singen«, wiederholte Andrew ruhig.

Memory und Heather blickten beide zur Tür hinüber, in der Andrew, eine Schulter gegen den Rahmen gelehnt, stand.

»Wie lange stehst du da schon?« fragte Memory. »Ich habe dich nicht durch die Halle kommen hören.«

»Tina hat mir verraten, wo ihr seid. Ich habe die ganze Geschichte von den Engeln gehört. Sie ist wirklich sehr schön.«

»Ich werde jetzt aufhören zu weinen, Andrew«, verkündete Heather, »dann werden die Engel singen, aber ich wünsche mir, daß du mein Daddy sein könntest. Ich will das ganz, ganz bestimmt.«

Andrew schwieg, als er die beiden betrachtete. Wunderschön, dachte er. Immer würde er sich an das Bild dieser beiden erinnern, wie sie auf Heathers Bett saßen, mit den gleichen rotbraunen Haaren und den dunklen Augen, den feinen Gesichtszügen, der samtig-weichen Haut. Und wenn Heather sich immer noch wünschte, daß er ihr Daddy wurde, nun, so wünschte er sich dasselbe.

Weil . . .

Er zögerte.

Weil er Memory Lawson liebte.

Es war so klar, daß es unmöglich schien, daß er noch vor kurzer Zeit so heillos durcheinander gewesen war, verwirrt über seine Gefühle für Memory.

»Andrew?« fragte Memory. »Stimmt etwas nicht? Du siehst so seltsam aus.«

»Was? O nein, es ist nichts, überhaupt nichts, weit gefehlt. Alles ist geradezu großartig. Phantastisch.«

»Ich bin froh, das zu hören«, sagte sie und musterte ihn aufmerksam.

Er lächelte. »Heather-Honigkind, die Engel singen. O ja, Sweetheart, die Engel singen wirklich.«

Andrews Lächeln wirkte ansteckend, und Heather erwiderte es strahlend.

»Verrate mir eins«, sagte er. »Wie heißt das riesige Pferd, auf dem du geritten bist?«

»Ralph«, antwortete Heather und glitt von Memorys Schoß.

»Ralph?« wiederholte er. »Du hast dein Pony Ralph genannt?«

Sie nickte entschlossen.

»Darüber hat es überhaupt keine Diskussion gegeben«, erklärte Memory. »Sie hat es gesehen und ›Hi, Ralph‹ gesagt. Das war's dann.«

»Mir gefällt der Name«, meinte Andrew schmunzelnd.

»Weißt du was, Andrew?« meinte Heather. »Wenn du

mein Daddy wärst und hier wohnen würdest, könntest du ein Pferd ganz für dich allein haben.«

»Heather«, ermahnte Memory sie mit einem warnenden Ton in der Stimme und stand auf. »Das reicht jetzt.«

»Er könnte aber.«

Memory öffnete den Mund und wollte etwas entgegnen, als sie Tina hinter Andrew in der Tür sah. Andrew trat beiseite, um sie in das Zimmer zu lassen.

»Franco hat aus dem Stall angerufen«, berichtete Tina. »Es ist sicher, daß bei Sugar Shoes die Wehen eingesetzt haben. Franco hat den Tierarzt schon angerufen. Er ist auf dem Weg.«

»O nein«, rief Memory. »Ich werde gleich in den Stall gehen. Heather, du bleibst bitte im Haus bei Tina.«

»Komm mit mir, Heather«, sagte Tina, als Memory aus dem Zimmer lief. »Du kannst mir dabei helfen, Schokoladenplätzchen zu backen.«

»Au ja«, rief das kleine Mädchen und klatschte in die Hände.

Alle hatten den Schlafraum verlassen, aber Andrew blieb noch – nachdenklich.

»Hallo, Sloan«, sagte er laut. »Wie läuft's denn so, alter Bursche? Du kommst dir überflüssig vor? Zur Hölle, ja.«

Er seufzte, schüttelte den Kopf und ging langsam aus dem Zimmer.

Die Dunkelheit hatte sich schon längst herabgesenkt, doch Memory war noch in dem großen Stall geblieben, wo Sugar Shoes lag und schlief. Memory saß im frischen Stroh, den Rücken gegen die Holzwand gelehnt, die Arme um ihre hochgezogenen Knie geschlungen.

Keine Menschenseele sonst war im Stall, und außer

einem gelegentlichen Wiehern oder Schnauben eines der Pferde war alles ruhig.

Sie war erschöpft und hatte jegliches Zeitgefühl verloren. Sie sollte ins Haus gehen, aber es schien ihr eine zu große Anstrengung zu sein. Sie wollte sich nicht bewegen, nicht einmal nachdenken.

»Memory?«

Sie wandte ihren Kopf. Andrew stand am Ende des Stalles.

»Franco hat uns gesagt, daß das Fohlen gestorben ist«, sagte er ruhig. »Es tut mir leid. Aufrichtig leid.«

Sie nickte.

»Er hat gesagt, daß mit Sugar Shoes alles in Ordnung wäre. Das ist eine gute Nachricht.«

Wieder nickte sie, sagte aber immer noch nichts.

»Memory, es ist über zwei Stunden her, daß Franco ins Haus zurückgekommen ist. Tina hat Heather zu Bett gebracht, und ich habe ihr eine Geschichte vorgelesen. Ich habe es nicht länger ausgehalten, auf dich zu warten und mich zu fragen, ob es dir gutgeht. Ich bin im Haus geblieben, weil ich wußte, daß ich hier nur im Weg stehen würde, aber jetzt . . . Memory, komm ins Haus. Du kannst hier nichts mehr tun.«

»Nein«, lehnte sie ab, und ihre Stimme klang so schwach, wie sie sich fühlte. »Ich möchte hier einfach noch eine Weile sitzen bleiben.«

»Warum?«

»Ich . . . ich weiß es nicht.«

»Schön, wenn es das ist, was du möchtest, dann werden wir das tun.«

Er ließ sich neben ihr auf dem Stallboden nieder, lehnte sich mit dem Rücken gegen die Wand, und ihre Schultern berührten sich leicht. Er streckte seine langen Beine aus und schlug sie übereinander.

»Du mußt nicht bleiben«, sagte sie und starrte auf ihre Knie.

Er zuckte die Schultern. »Du auch nicht.« Er sah sich um. »Die Box ist sehr groß.«

»Es ist die, in der alle Stuten fohlen.«

»Sugar Shoes ist sicher total erledigt. Schnarchen Pferde eigentlich?«

Ein kleines Lächeln glitt über Memorys Lippen.

»Du bist wegen des Fohlens ziemlich fertig, nicht wahr?« fragte er sanft.

»Es sollte so sein. Es hatte einen Herzfehler, und in solchen Fällen greift die Natur regulierend ein.«

»Oh, Franco hat uns keine Einzelheiten gesagt. Aber wenn du akzeptierst, was mit dem Fohlen geschehen ist, und wenn du weißt, daß es Sugar gutgeht, warum sitzt du dann immer noch hier?«

Sie lehnte ihren Kopf zurück und schloß die Augen. »Ich weiß es nicht, Andrew. Ich hatte plötzlich nicht mehr die Kraft, mich auch nur einen Zentimeter fortzubewegen. Ich wußte, daß man sich um Heather kümmern wird, also habe ich dieser seltsamen Stimmung nachgegeben. Es ist so friedlich hier, still, fast wie eine andere Welt. Der finanzielle Rückschlag durch den Verlust des Fohlens wird einige wirtschaftliche Probleme mit sich bringen, aber solche Dinge habe ich vorher auch schon durchgestanden. Sugar ist schwach, doch sie wird sich erholen. Ich weiß ganz ehrlich nicht, warum ich immer noch hier draußen bin.«

»Ich denke, du mußt es auch gar nicht genau wissen. Hast du etwas dagegen, wenn ich ein bißchen bei dir bleibe?«

»Wenn du das willst, habe ich nichts dagegen. Aber es ist nicht sehr bequem.«

»Das ist schon in Ordnung. Ich muß doch noch herausfinden, ob Pferde schnarchen oder nicht.«

Memory antwortet nicht, und er schaute sie an. Sie ist erschöpft, dachte er. Er konnte die violettfarbenen Schatten unter ihren Augen sehen, die unnatürliche Blässe ihrer Haut. Sie sollte ins Bett gehen und tief und fest schlafen.

Nach einigen Minuten öffnete sie wieder die Augen, sah ihn aber nicht an. »Sugars Fohlen war bildhübsch«, sagte sie. »Es hatte einen perfekten Körperbau, so winzig. Es gab keine Hinweise auf seinen Herzfehler. Es war so ein hübsches Fohlen, und es war schwer zu begreifen, daß es sterben mußte, nachdem es erst wenige Minuten auf der Welt gewesen ist.«

»Das ist wirklich schrecklich, Memory.«

»Ja. Ich verstehe, daß solche Dinge geschehen.« Sie atmete tief und zittrig. »Es hilft, wenn du das ›Warum‹ des Todes verstehst und Abschied nehmen kannst. Als . . . als meine Eltern bei einem Flugzeugabsturz ums Leben gekommen sind, konnte mir keiner erklären, warum gerade sie es sein mußten, solche wunderbaren Menschen, so herzliche, liebevolle Eltern, und . . .« Ihre Stimme verlor sich.

Andrew wartete, wagte kaum zu atmen, sein Herz schlug so rasend schnell, daß es ihn schmerzte. Memory offenbarte ihm ihre Seele, sprach zu ihm über den Tod ihrer Eltern. In diesem Augenblick, in diesem stillen Stall, machte sie ihm ein kostbares Geschenk, das er achten würde. Die Frau, die er liebte, ließ ihn an Gefühlen teilhaben, die sie tief in ihrem Innern vergraben hatte.

»Und . . . sprich weiter, Memory«, forderte er sie auf.

»Sie waren tot«, sagte sie, und sah ihn aus tränennaßen Augen an. »Das Flugzeug . . . es explodierte beim

Aufschlag und . . . Es gab eine Gedenkfeier, aber keine Beerdigung, weil es nichts gab . . . nichts war übriggeblieben . . . nichts war da, um es nach Hause zu bringen.«

»Ach, Memory.«

Er legte seinen Arm um ihre Schultern und zog sie leicht an sich. Sie ließ es geschehen, legte ihren Kopf an seine Brust und achtete darauf, nicht gegen seinen Verband zu stoßen.

»Ich habe es nicht verstanden«, sagte sie und konnte vor Schluchzen kaum sprechen. »Und ich wußte nicht, wie ich auf Wiedersehen sagen sollte.«

Er küßte ihr Haar, aber er schwieg. Er konnte kein Wort hervorbringen, seine Kehle war wie zugeschnürt. Aber er hätte ohnehin nicht gewußt, was er hätte sagen können.

Einige Minuten lang herrschte Schweigen.

»Wie seltsam«, sagte Memory schließlich, ohne sich zu rühren. »Ich mag nicht über den Tod meiner Eltern sprechen. Ich habe keine Ahnung, warum ich dir das alles erzählt habe.«

»Weil ich zugehört habe. Weil, ob du es wahrhaben willst oder nicht, es einen Teil in dir gibt, der weiß, daß du mir unendlich viel bedeutest, und schließlich, daß auch du etwas für mich empfindest. Weil dir bewußt ist, daß du mir vertrauen kannst.«

Sie wollte sich von ihm lösen, aber er verstärkte seinen Griff.

»Nicht, Memory. Lauf nicht weg. Versteck dich nicht wieder hinter deinen Mauern. Ich werde dir nicht weh tun.« Er würde ihr nicht weh tun, weil er sie liebte, aber wenn er ihr das jetzt sagte, würde sie wie ein furchtsames Rehkitz fliehen. »Du hast nichts von mir zu befürchten.«

Doch, das habe ich! schrie Memory stumm auf. Andrew Sloan war gefährlich. Er hatte einen gewaltigen Einfluß auf sie, auf ihren Körper und auf ihre Seele. Ihre Kontrolle schwand stetig dahin, wie Sand, der zwischen den Fingern zerrann und nicht aufgehalten werden konnte – auch wenn man ihn festzuhalten versuchte.

Die Küsse, die sie und Andrew sich gegeben hatten, hatten sie bis ins Innerste aufgewühlt, und sie sehnte sich nach mehr. Der Teil von ihr, der Frau war, wollte ihn, begehrte ihn mit einer nahezu zerstörerischen Intensität. Der bloße Gedanke daran, wie ihr Körper sich mit seinem verband, eins wurde, verursachte Hitzeströme tief in ihr.

Der Teil von ihr, der Mutter war, lächelte warm, wenn sie Andrew dabei beobachtete, wie er mit Heather umging. Ihre Tochter hatte einen Herzenswunsch offenbart und Andrew als ihren Daddy gefordert, und Memory spürte sicher, daß er ein absolut perfekter Vater sein würde.

Der Teil von Memory Lawson, der die ausgezeichnete Pferdezüchterin war, wünschte sich einen Partner, um Erfolge miteinander teilen zu können, um sich in den Niederlagen anlehnen zu können, so wie es heute nacht geschehen war, als Sugar Shoes Fohlen gekämpft und die Schlacht um sein Leben verloren hatte.

Nichts von Andrew Sloan zu befürchten? Die ganze Grundlage ihrer Existenz stand auf dem Spiel. Sie konnte und würde auf diesem Weg zur Selbstaufgabe nicht einen Schritt weiter gehen.

Nein!

Memory befreite sich aus Andrews Griff, stand auf und verließ hastig den Stall. Andrew folgte ihr und hinderte sie durch einen Griff nach ihrem Arm an ihrer Flucht, ehe sie noch weiter fort konnte.

»Ich gehe ins Haus«, erklärte sie und sah dabei auf den obersten Knopf seines Hemdes. »Ich bin sehr müde und . . .«

»Du läufst davon, Memory. Du läufst vor mir *und* vor dir selbst davon.«

Sie sah zu ihm auf, ihre Augen vor Empörung zusammengekniffen. »Ich laufe nicht davon, Andrew Sloan, ich bin . . .« Sie hielt inne. »Also gut, ich laufe davon. Jawohl, du erregst mich. Ist es das, was du hören willst? Gibt das deinem Ego Auftrieb? Du weißt, wie du mich sexuell stimulieren kannst. Richtiges Macho-Getue. He, Andrew, wir sind hier in einem Stall. Wir können uns auf ganz klassische Art im Heu herumwälzen. Nun, macht dich diese Vorstellung nicht an?«

Er biß die Zähne zusammen, an seiner Wange zuckte ein Muskel, als sein eigener Zorn sich steigerte. »Hör auf damit, verdammt noch mal. An dem, was zwischen uns passiert, ist überhaupt nichts Billiges oder Vulgäres. Du kannst von mir aus bis nach Toledo rennen, aber du wirst nicht vor den Tatsachen davonlaufen können. Das hier zwischen uns ist wahrhaftig und ehrlich. Es ist gut, Memory.«

»Es ist nichts, Andrew.«

»Zur Hölle, es ist nicht nichts!«

Er legte seine Hand hinter ihren Nacken und neigte seinen Kopf, ergriff dann in einem harten, fordernden Kuß, der seinen Zorn, seine Frustration und seine aufbrechende Leidenschaft verriet, Besitz von ihrem Mund. Doch im nächsten Augenblick stieg ein Stöhnen in seiner Brust auf, und der Kuß wurde sanft.

Memory wurde von einem Ansturm sinnlicher Gefühle verzehrt, eines ging in das andere über, verstärkte ihre Begierde. Sie klammerte sich an Andrews Schultern und preßte sich so dicht an ihn, wie es sein

Verband zuließ. Ihre Lippen streichelten sich, tief in ihnen pulsierte ein sich steigernder Rhythmus. Mit totaler Hingabe erwiderte sie die Forderungen seiner Lippen, und ihre schwelende Leidenschaft schoß zu einer verzehrenden Flamme auf.

Andrew befreite seinen rechten Arm aus der Schlinge, während er mit dem anderen Memorys Rücken umfangen hielt. Er zog sie an sich, und die unendliche Erleichterung darüber, endlich ihren sanften weichen Körper zu spüren, der sich gegen seinen harten drückte, brachte seine Selbstkontrolle mehr und mehr zum Einsturz.

Er hielt den Verband von ihr weg, nur seine Fingerspitzen lagen in einer federleichten Berührung auf ihrer Taille. Sein Begehren war stark und grenzenlos, und er sehnte sich nach der köstlichen Befriedigung, von der er wußte, daß Memory sie ihm geben konnte.

»Ich will dich«, flüsterte er, seine Lippen an ihren. »Noch niemals habe ich jemanden so sehr begehrt wie dich. Das klingt so abgedroschen, so kitschig, aber es ist wahr.«

»Ich will dich auch, Andrew. Ich habe gedacht, daß ich nie wieder einen Mann begehren würde, aber . . . oh, ja, ich will mit dir schlafen.«

»Nicht hier«, sagte er. »Nicht im Stall. Ich könnte nicht damit fertigwerden, wenn es dir morgen früh leid tun würde, wenn du denken würdest, daß unser Zusammensein nur das war, was du gesagt hast. Ein Herumwälzen im Heu.«

»Es wird mir nicht leid tun, das verspreche ich dir. Dieser Stall wird unser Platz sein, unser geheimer Ort. Wir können nicht ins Haus gehen. Tina und Franco wohnen im Flügel über der Küche, und Heather ist dort.«

Er streifte mit seinen Lippen über ihre, folgte dann der Linie ihres Mundes mit seiner Zungenspitze. Sie zitterte.

»Bitte«, wisperte sie. »Außer uns existiert keine Welt mehr, es gibt nur das Hier und Jetzt.« Kein Nachdenken, keine Realität, fügte sie stumm hinzu. Keine Schatten oder Geister aus der Vergangenheit. »Liebe mich.«

»Ja.«

Noch einmal fanden seine Lippen ihre in einem langen, heißen Kuß. Dann irgendwann brachte Memory die Kraft auf, sich von Andrew zu lösen, und sie führte ihn den langen schummrigen Gang hinunter zu einem kleinen Raum am Ende des Stalls.

Sie drehte am Lichtschalter, und eine kleine Lampe auf einem Tisch neben einem Einzelbett ging an. Memory schloß die Tür und verriegelte sie, dann blickte sie sich stirnrunzelnd um.

»Wir haben das hier für den Fall aufgestellt, daß wir bei einem kranken Pferd Nachtwachen halten müssen. Aber das Bett ist so schmal. Was wird mit deinem Arm?«

Himmel, wie hört sich das alles an, dachte sie. Sie ging mit dieser Situation um wie eine schamlose Frau, die mit allem schlief, was Hosen anhatte. Vergiß es, dachte sie. Sie kümmerte sich nicht weiter darum, wie ihre Worte geklungen haben mochten. Diese Nacht verlieh allem etwas Unirdisches. Alles, was wichtig war, war Andrew.

»Mach dir keine Gedanken um meinen Arm«, sagte er lächelnd. »Ich muß nur daran denken, daß ich dir nicht mit dem Gips einen Schlag auf den Kopf versetze.« Er machte eine Pause, sein Lächeln verschwand. »Memory, bist du dir auch ganz sicher? Du hast mir versprochen, daß du es nicht bereuen wirst, aber bist du sicher, daß du dieses Versprechen auch halten kannst. Das hier ist zu wichtig, um . . .«

Sie legte zwei Finger auf seine Lippen. »Liebe mich, Andrew Sloan. Bitte.«

»Es wird mir ein Vergnügen sein, Memory Lawson.«

Es war ein kleiner, kaum möblierter Raum in einem Stall, aber er gehörte ihnen, und in dieser Nacht erstrahlte er wie im Glanz üppiger Prächtigkeit.

Das Bett war schmal, die Laken frisch gewaschen, aber zerschlissen vom häufigen Gebrauch. Die Matratze war dünn und hart. Aber das Bett gehörte ihnen, und es hieß sie willkommen.

Die Kleidung, die sie ablegten, waren verwaschene Jeans und viel getragene Hemden. Aber in dieser Nacht waren sie Cinderella und der Prinz, die sich nach ihrer Rückkehr von einem glamourösen, glitzernden Ball ihrer kostbaren Abendkleidung entledigten.

Andrews hinderlichen Verband konnten sie nicht ignorieren. Er mußte ihn von Memorys Körper weghalten, und er durfte auch nicht sein eigenes Gewicht auf den gebrochenen Arm stützen. Diese Notwendigkeit, dazu ihr schmales Lager, veranlaßte sie dazu, zu beginnen und innezuhalten, die Lage zu verändern und sich zu bewegen. Aber es war ihre Nacht, und sie waren Liebende, hingebungsvoll, wissend, völlig im Einklang, perfekt zusammenpaßend.

»O Gott, du bist wunderschön«, stieß Andrew hervor.

»Du auch.«

Seine Lippen glitten leicht über ihre samtene Haut, ließen eine heiße Spur hinter sich zurück. Seine Zunge umspielte eine ihrer Brustwarzen, dann nahm er sie in den Mund. Memory seufzte vor reinem Vergnügen auf.

Sie streichelte seinen Rücken, tastete, genoß das Gefühl seiner festen Muskeln, die sich unter ihren Händen anspannten und bewegten.

Sie küßten und streichelten sich, entdeckten den

Körper des anderen und dessen wunderbare Geheimnisse. Ihr Atem wurde heftiger und angestrengter, hallte in dem kleinen Raum wider, und ihre Haut erhitzte sich durch die brennende Flamme der Leidenschaft.

Sie stöhnten, sehnten sich, verbrannten vor Verlangen, eins zu werden, gaben und nahmen, suchten und fanden die Ekstase, von der sie wußten, daß sie auf sie wartete.

Aber sie zögerten es hinaus, und die Erwartung dessen, was kommen sollte, war wie eine süße Pein. Hände und Lippen schienen überall gleichzeitig zu sein, das Verlangen steigerte sich ins Unerträgliche, wie ausgehungert vor Begierde küßten sie sich.

»Oh, Andrew, bitte«, wisperte Memory. »Jetzt. Bitte. Komm jetzt zu mir.«

»Ja. Ich will – autsch!« rief er, als er mit seinem Verband gegen die Wand schlug.

Mit einer Kühnheit, die sie schockiert hätte, wenn sie innegehalten hätte, um darüber nachzudenken, übernahm Memory die Führung. Sie setzte sich auf und bedeutete Andrew wortlos, sich auf den Rücken zu legen. Dann streckte sie sich auf ihm aus, küßte ihn, ihre Lippen glühten vor Lust. Ein Zittern durchlief seinen Körper, und er packte Memory mit seiner linken Hand.

Langsam, ganz langsam ließ sie sich zentimeterweise nach unten gleiten, hob ihre Hüften an und nahm ihn in den heißen Hafen ihrer Weiblichkeit auf.

»Oh . . . Andrew«, flüsterte sie.

Andrew konnte nicht sprechen. Er war zu überwältigt von der herrlichen Schönheit ihres Einseins und der Stärke der Liebe, die er für diese Frau empfand.

Er begann sich zu bewegen und stöhnte. Sie bewegte sich schneller, härter, und er nahm diesen Rhythmus in vollkommener Übereinstimmung auf.

Niemals, dachte Memory verschwommen, habe ich irgend etwas wie dies hier erlebt. Überdeutlich wurde sie sich der faszinierenden Unterschiede zwischen Frau und Mann bewußt, der perfekten Verschmelzung sanfter Linien und markanter Konturen. Andrew war tief in ihr, erfüllte sie, trug sie höher und höher an einen Ort, an dem sie nie zuvor gewesen war.

Die Spannung in ihr steigerte sich, war drängend und heiß. Sie waren eine Einheit, die sich in einem überwältigendem Takt bewegte . . . das Ziel erreichte . . . weiter . . . enger . . .

»Andrew!«

»O ja, Memory. Ja!«

Sie erreichten den Gipfel, wurden in Vergessenheit geschleudert, riefen den anderen mit Namen. Sie schwebten losgelöst von Zeit und Raum, als die letzte der köstlichen Wellen sie erbeben ließ.

Memory sank auf Andrews Brust, befreit und zufrieden, verbarg ihr Gesicht in der Beuge seines Halses. Er schlang seinen freien Arm um ihre Taille, hielt sie fest, als wollte er sie niemals mehr gehenlassen.

Sekunden wurden zu Minuten. Der Schlag ihrer Herzen wurde ruhiger, ihre Körper kühlten sich ab, sie atmeten langsamer. Memory bewegte sich, aber Andrews Griff verstärkte sich.

»Geh nicht«, sagte er zärtlich. »Jetzt noch nicht.«

Sie glitt ein Stück nach unten, so daß ihre Wange auf seiner Brust lag, dann streckte sie ihre Beine und lag dann entspannt neben ihm.

»Oh, ja«, sagte sie und seufzte zufrieden.

»Unglaublich.« Andrew hob den Kopf ein wenig hoch, so daß er ihre Stirn küssen konnte, dann ließ er seinen Kopf zurück aufs Kissen sinken. »Phantastisch.«

»Ja.«

»Memory, ich . . .«

Ich liebe dich, sprach er in Gedanken weiter. Gott, wie sehr wünschte er sich, diese Worte laut auszusprechen. Zunächst würde er sie flüstern, damit nur Memory sie hören konnte, und später dann würde er sie von allen Dächern rufen. Er liebte Memory Lawson. Sie gehörte ihm.

Aber er wußte, daß die richtige Zeit, ihr von seiner Liebe zu erzählen, noch nicht gekommen war. Und darüber hinaus – Memory gehörte ihm nicht. Sie hatte überhaupt nichts gesagt, das andeutete, was sie für ihn empfand.

Bevor ich endgültig depressiv werde, dachte Andrew entschlossen, wende ich mich dem Positiven zu. Memory hatte ihm von ihren Eltern erzählt. Und ganz sicher stand auf der positiven Liste das wunderbare, mit Worten nicht zu beschreibende Liebesglück, das er und sie erlebt hatten.

Für eine Frau, die geradeheraus erklärt hatte, daß sie in ihrem Leben keinen Dummkopf von Mann brauchte, und die sich hinter Mauern versteckte, um ihre Einsamkeit zu bewahren, hatte Memory sich ihm absolut und bedingungslos hingegeben, als sie sich geliebt hatten.

Hatte sich *ihm* bedingungslos hingegeben.

Das bedeutet doch etwas, dachte Andrew. Nein, das bedeutete nicht etwas, sondern eine ganze Menge. Memory Lawson mochte jetzt noch nicht ihm gehören, aber verdammt, sie würde es tun. Er wollte ihre Liebe gewinnen – und er hatte nicht die Absicht, seine Bemühungen aufzugeben.

»Ich könnte . . .« sie gähnte, »auf der Stelle einschlafen.«

»Nur zu«, erwiderte er lächelnd, »härter als diese Matratze kann ich auch nicht sein.«

»Nein, ich werde meine letzten Reste an Energie zusammennehmen und ins Haus gehen.«

»Ich glaube, ich bleibe hier. Es ist einfach zu anstrengend, sich zu bewegen.«

Sie hauchte einen Kuß auf seine Lippen, schlüpfte aus dem Bett und begann sich anzuziehen. Er schaute ihr zu, und ihm wurde klar, daß es aus irgendeinem verrückten Grund ebenso erregend war, Memory beim Anziehen zuzusehen wie beim Ausziehen.

»Memory«, sagte er, und riß seinen Blick von ihrem Körper los, um ihr in die Augen zu schauen. »Wegen des Versprechens, das du gegeben hast . . .«

»Andrew, ich bedaure nichts von dem, was heute nacht in diesem Raum passiert ist.«

»Gut. Okay. Das ist schön.«

Sie ging zur Tür und entriegelte sie. »Gute Nacht, Andrew.«

Er lächelte sie an. »Gute Nacht, Memory.«

Sie öffnete die Tür, dann schaute sie zurück über ihre Schulter. »Ist dir acht Uhr morgen früh recht?«

»Um was zu tun?«

»Um zu Rick gefahren zu werden. Das haben wir wegen Sugar Shoes heute ganz vergessen. An Heathers Entschluß, dich als ihren Daddy zu wollen, hat sich nichts geändert. Sie hat nur zu weinen aufgehört, damit die Engel wieder singen. Sie wird diese Idee nicht aufgeben, bis du wirklich gegangen bist. Acht Uhr morgen früh?«

»Verdammt, Memory«, sagte er und richtete sich auf. »Was soll das? Du versuchst immer noch, mich loszuwerden, auch nachdem wir miteinander geschlafen haben? Was wird mit uns? Was ist damit, uns eine Chance zu geben und zu sehen, was aus unserer Beziehung werden könnte?«

»Andrew, ich habe dir versprochen, daß ich diese Nacht nicht bereuen werde, und ich tue es auch nicht. Es war . . . wundervoll. So etwas habe ich noch nie gefühlt . . . Nun, aber damit ist zu diesem Thema genug gesagt. Ich habe dir nichts versprochen, was über diese eine Nacht *hinausgeht.*«

»Du verdrehst das«, rief er aus und schlug mit dem gesunden Arm auf das Bett, »in eine billige Bettgeschichte?«

»Das tue ich nicht«, entgegnete sie. »Wenn du es vorziehst, es so zu nennen, ist mir das wirklich absolut egal.« Sie verließ den Raum.

»Lawson«, brüllte er, »komm sofort hierher!«

»Sloan«, schrie sie zurück, »geh zur Hölle!«

6

Mehr als zwei Stunden später seufzte Memory tief auf, schlug auf ihr Kopfkissen und murrte einige sehr undamenhafte Worte.

Man kann nicht einschlafen, dachte sie düster, solange man erhitzte Diskussionen mit sich selbst führt. Seit sie den Stall verlassen hatte, tobte eine Schlacht in ihr.

Sie hatte darauf bestehen *müssen,* daß Andrew die Ranch so schnell wie möglich verließ. Daß Andrew aus ihrem Leben verschwand, war unumgänglich – für Heathers emotionales Wohlergehen und für ihr eigenes.

Aber sie wollte nicht, daß er ging. Mehr noch, sie fühle sich fürchterlich, einfach schrecklich, weil ihre gestohlene Nacht, diese kostbare Zeit ihrer hingebungsvollen Liebe, in einer lautstarken Auseinandersetzung geendet hatte.

Und trotz ihrer Bemühungen, die Erinnerungen an ihre Liebesnacht zu verdrängen, war Memory erfüllt von ihnen. Die schon vertraute Hitze des Verlangens durchströmte sie, pulsierte tief in ihr und trug eine Welle der Wärme durch ihren Körper.

Sie wälzte sich in ihrem Bett hin und her und befahl ihrem Körper, sofort damit aufzuhören und sich wieder *ihrem* Befehl und *ihrer* Kontrolle unterzuordnen.

Aber ihr Körper, so erkannte Memory, hörte nicht auf sie.

»Zur Hölle mit dir, Andrew«, flüsterte sie laut.

Dann wieder seufzte sie. Nein, sie konnte ihm nicht die Schuld an diesem körperlichen und emotionalen Aufruhr geben. Sie würde nichts lieber tun, als ihn für alles verantwortlich zu machen, ihn einen Schurken zu nennen, während sie ihn von ihrem Land verscheuchte. Aber Tatsachen waren Tatsachen, Wahrheiten waren Wahrheiten. Sie hatte zu akzeptieren, daß sie die Verantwortung für ihr eigenes Handeln trug. Sie hatte aus Gründen, die sie beim besten Willen nicht nennen konnte, Andrew vom Tod ihrer Eltern und von dem nagenden Kummer erzählt, der immer noch eine Ecke ihres Herzens und ihrer Seele besetzt hielt.

Und sie hatte mit ihm schlafen *wollen*, ihr Begehren war überwältigend und nicht zu leugnen gewesen. Die Vereinigung ihrer Körper, ihr Einswerden, war anders gewesen als alles, was sie bisher je gekannt hatte.

Ihr Wort galt, ihr Versprechen hatte sie gehalten. Sie bedauerte nicht, was sie miteinander getan hatten. Sie wünschte sich nur, daß sie sich nicht so in zwei Teile gespalten fühlen würde, hin und her gerissen zwischen dem Wunsch, Andrew möge bleiben, und der Notwendigkeit, daß er gehen mußte.

Schließlich schlief Memory ein, aber ihr Schlaf war unruhig, erfüllt von wirren Träumen, die keinen Sinn ergaben. Als sie in der Morgendämmerung aufstand, waren ihre Augen durch den Mangel an Schlaf gerötet, und ein Schwächegefühl hatte sie von Kopf bis Fuß ergriffen.

Ich werde Andrew heute morgen Adieu sagen, dachte sie, als sie unter die Dusche ging, und ich werde das beherrscht und kühl tun.

Auch wenn es sie fast umbrachte.

»Warum denn, Andrew?« fragte Heather.

Memory blieb – so daß man sie nicht sehen konnte – vor der Küchentür stehen, als sie Heathers Frage hörte. Ihre Tochter klang aufgeregt.

»Ich muß fortgehen«, antwortete Andrew, »weil meine Familie mich zurückerwartet, damit ich mit meiner Arbeit in unserer Firma weitermache. Ich war an der Reihe, ein wenig Urlaub zu machen, aber jetzt muß ich nach Hause gehen.«

»Du kannst nicht arbeiten«, stellte Heather fest, »weil dein Knochen gebrochen ist.«

»Richtig. Aber es gibt Dinge, die ich in einer Baumschule auch mit einem gebrochenen Arm tun kann. Ich kann Telefonanrufe entgegennehmen, mit Kunden sprechen und deren Fragen beantworten, und solche Sachen.«

»Du kannst bei *mir* telefonieren.«

»Sweetheart«, sagte er sanft, »glaub mir, ich würde wirklich liebend gern bleiben, aber ich kann es einfach nicht.«

»Aber dann . . . aber dann . . .« sagte Heather mit tränenerstickter Stimme, »wie willst du denn mein Daddy sein, wenn du gar nicht hier bist?«

Memory stürzte in die Küche.

»Guten Morgen«, rief sie fröhlich und trug ein lächelndes Gesicht zur Schau. »Wie geht's euch allen an diesem wunderschönen, strahlenden, sonnigen Morgen?«

Heather verschränkte die Arme vor ihrer schmächtigen Brust und starrte finster vor sich hin. Andrew runzelte die Stirn.

»Na, na«, sagte Memory und zwang sich, leicht und unbeschwert zu klingen. »Was für ein Paar. Ein Griesgram und ein Miesepeter. Gar kein Lächeln heute?«

»Nein«, sagte Heather.

Andrew antwortete nicht, und Memory gab sich Mühe, ihn nicht anzuschauen, als sie den Raum durchquerte, um sich selbst Kaffee einzuschenken.

Netter Versuch, Memory, dachte Andrew, und kniff seine Augen zusammen, als er sie beobachtete. Aber er wußte, daß ihr Lächeln falsch und ihre fröhliche Stimme eine Farce waren. Sie war so verkrampft und angespannt, daß sie wahrscheinlich in zwei Teile zerspringen würde, wenn sie eine plötzliche Bewegung machte.

Interessant, stellte er nachdenklich und mit Befriedigung fest. Miss Memory Mountain war eine wandelnde, sprechende Widerlegung ihrer lausigen Äußerung in der letzten Nacht.

Er war sich wie ein Volltrottel vorgekommen, dem man einen Faustschlag ins Gesicht versetzt hatte, als Memory mit vor Kälte klirrender Stimme verkündet hatte, daß sie nichts versprochen hätte, was über diese eine Nacht hinausging. Doch falls das, was sie miteinander erlebt hatten, ihr nicht mehr bedeutete als irgendeine flüchtige Bettepisode, warum war sie dann heute so ganz anders? Sie hatte es vermieden, seinem Blick zu begegnen, und sie sah aus, als ob sie nicht besonders gut geschlafen hätte.

Er weigerte sich zu glauben, daß ihr seltsames Verhalten daher rührte, daß sie ihre Liebesnacht letztlich doch bereute. Statt dessen vermutete er, daß diese eine Nacht, die sie zusammen verbracht hatten, von größerer Bedeutung für sie war, als sie zuzugeben gewillt war.

Er lächelte breit und wandte sich an Heather. »Kopf hoch«, sagte er. »So schlimm ist das doch alles nicht.«

»Doch, ist es«, erwiderte das kleine Mädchen verdrossen.

Tina kam von der Kleiderkammer her in die Küche und hielt einen kleinen Weidenkorb gegen ihre Brust gedrückt. Sie strahlte das Trio an.

»Die Hühner haben heute für uns extra große Eier

gelegt«, sagte sie, »und hier ist meine Familie und wartet auf das Frühstück. Es ist im Handumdrehen fertig.«

Memorys Augen weiteten sich vor Entsetzen über die Worte, die Tina benutzt hatte, dann warf sie ihrer Haushälterin einen aufgebrachten Blick zu. Tina ignorierte sie völlig, während Andrew leise lachte und Heather weiterhin schmollte.

»Also los, setzt euch«, sagte Tina. »Ich kann nicht kochen, wenn ihr mir alle vor den Füßen herumrennt. Heather, dein Gesicht ist schon so runzlig wie eine Rosine. Memory, du hast nicht lang genug geschlafen. Du siehst fürchterlich aus. Andrew, dieser Bart ist abscheulich. Sie könnten leicht als Landstreicher durchgehen.«

Andrew lachte, während er sich an den Tisch setzte. Heather schlüpfte auf ihren Stuhl. Memory zögerte, schloß sich ihnen dann an, hielt den Blick aber immer noch von Andrew abgewandt.

»Ich kann mich mit links nicht rasieren«, sagte er. »Ich hänge zu sehr am Leben.«

»Franco kann Sie rasieren«, meinte Tina und schlug ein Ei in eine Schüssel. »Er bringt einige Pferde auf die Nordweide, aber er ist in ein paar Stunden zurück.«

»Andrew wird dann nicht mehr hier sein«, sagte Memory. Sie konzentrierte sich darauf, ihre Serviette mit höchster Präzision auf ihrem Schoß auszubreiten.

»Nein?« Tina schaute zum Tisch hinüber. »Wo wollen Sie denn hin, Andrew?«

Heather stützte ihre Arme auf die Tischplatte und legte dann ihr Kinn darauf.

»Nach Hause«, sagte sie und seufzte dramatisch. »Andrew muß nach Hause, um zu telefonieren und solche Sachen.«

»Ich verstehe«, sagte Tina und nickte. Sie begann, die

Eier mit einem Schneebesen zu schlagen. »Nun, ich werde es vermissen, Sie hier bei uns zu haben, Andrew.«

»Ich auch«, sagte Heather. »Sehr.«

»Vielen Dank«, erwiderte Andrew und schaute Memory an. Sie glättete weiterhin die Serviette auf ihrem Schoß. »Das ist wirklich angenehm zu hören. Ich bin nicht lange hier gewesen, aber es kommt mir vor, als ob ich euch alle schon ewig kenne. Ich hasse es, euch zu verlassen.« Er machte eine Pause. »*Jeden* von euch.«

Schau ihn *nicht* an, sagte Memory unnachgiebig zu sich. Nicht jetzt. Nicht, wenn er gerade gesagt hat ›*Jeden* von euch‹, und das mit einer Stimme, die einen so dunklen und sinnlichen Klang hatte, daß sowohl ein Zittern wie auch eine Hitzewelle sie durchliefen. Schau nicht von deiner Serviette auf.

Langsam, als ob sie ohne eigenen Willen wäre, hob sie ihren Blick, begegnete Andrews. Ihr stockte der Atem, als sie die unverhüllte Begierde in den Tiefen seiner Augen erkannte, die Botschaft des Verlangens, von der sie befürchtete, daß sie auch in *ihren* Augen zu lesen war.

Ihr Herz schlug wie wild, und tiefe Röte überzog ihre Wangen. Memory wurde von Panik ergriffen, und sie hatte den dringenden Wunsch, aufzuspringen und aus dem Zimmer zu laufen.

Doch sie konnte sich nicht rühren.

Wie festgenagelt verharrte sie auf ihrem Platz, der Blick seiner faszinierenden Augen hielt sie gefangen. Die nackte Sehnsucht in ihnen schwächte sich ab, wurde zu einer Sanftheit, die wie ein Streicheln über sie zu fließen schien und die Flamme des Verlangens in ihr zu einem verzehrenden Feuer entfachte.

Ihre Brüste wurden schwer, sehnten sich nach seiner erleichternden Berührung, seinen meisterhaft geschickten Händen, der süßen Hingabe seines Mundes. Sie wollte hören, wie er mit vor Leidenschaft rauher Stimme ihren Namen sagte, wollte sehen, wie seine braunen Augen sich verschleierten, wollte seine Haut spüren, seinen Geruch einatmen, der so einzigartig und so unglaublich männlich war.

Und sie wollte nicht, daß er fortging.

Oh, ihr Heiligen im Himmel, dachte sie voller Erschrecken. Sie konnte doch nicht . . . oder doch? Sie würde doch nicht . . . oder würde sie doch?

Nein! Aber . . . hatte sie sich in Andrew verliebt?

»Mommy?«

Memory blinzelte, dann fuhr ihr Kopf hoch und sie sah Heather an.

»Ja?« fragte sie. Ihre Stimme krächzte, und sie räusperte sich. »Ja?«

»Kann ich Boy heute mit in meine Vorschule nehmen, dann können wir ihn uns ansehen und die Lehrerin erklärt uns alles über Hunde.«

Andrew achtete nicht auf Memorys Erklärung, warum Boy nicht mit in die Vorschule konnte, während er seinen Körper anwies, sich zu beruhigen.

Er kam fast um. Er hatte keine Ahnung, wie lange er dagesessen hatte, um in den dunklen, dunklen Tiefen von Memorys Augen zu ertrinken. *Was* er wußte – verdammt, was wußte er überhaupt? – war, daß sie gerade die schwelende Glut seiner Begierde entfacht und zu einem in ihm lodernden Feuer verwandelt hatte.

Es brannte, schmerzte ihn ihm. Sein starkes Begehren war so offensichtlich, daß er sich von diesem Stuhl und der Tischdecke, die den Beweis seines Verlangens gütig verbarg, nicht einmal dann wegrühren würde, wenn jemand riefe, daß man gleich eine Bombe auf sie fallen lassen würde.

Was war mit Memory, fragte er sich. Sie war in ihre

Mutterrolle geschlüpft und ließ sich munter darüber aus, warum Boy die Sicherheitsgurte im Schulbus vielleicht nicht würde leiden können. Aber nur eine Minute vorher war sie eine sinnliche, begehrenswerte Frau gewesen, eine Frau, die ihn haben wollte. Er hatte das Verlangen in ihren Augen gesehen – das Begehren, das ebenso stark war wie das seine.

Mehr noch als das, er wußte, sie hatte in seinem Begehren nach ihr auch die Liebe gespürt, die er für sie empfand. Er wußte es, weil er die Panik gesehen hatte, die ihr Gesicht gestreift und sich in ihren Augen verraten hatte.

»Frühstück«, sagte Tina und riß Andrew aus seinen Träumen, als sie zwei große Servierplatten auf den Tisch stellte. »Memory, reich mal die Teller weiter. Heather, du verteilst das Besteck. Und jetzt laßt uns zusehen, daß all die Eier und der Schinken blitzschnell verschwinden. Der Toast kommt sofort.«

Das Trio widmete sich dem dampfenden Essen, aß einige Minuten schweigend.

»Weißt du was, Andrew?« fragte Heather schließlich.

»Nein, was denn?«

»Ich bin in Kalifornien geboren.«

»Oh, tatsächlich?« Er warf Memory einen Blick zu. Sie sah ihn nicht an.

»Klar bin ich das«, sagte Heather und nickte. »Und weißt du noch was? Mickey Mouse lebt in Kalifornien. Ich hab' sie nicht getroffen, als ich auf die Welt gekommen bin, weil ich ein klitzeklitzekleines Baby war, aber sie ist immer noch da. Meine Mommy hat gesagt, daß wir irgendwann einmal da hinfahren, wo Mickey Mouse wohnt.«

»Das klingt großartig«, sagte Andrew. »Ich wohne auch in Kalifornien, weißt du.«

»Hast du Mickey Mouse schon mal getroffen?«

»Das habe ich tatsächlich. Sie treibt sich an einem Ort herum, der Disneyland heißt, und ich bin dorthin gefahren.«

Heather ließ die Gabel auf ihren Teller fallen, und kniete sich auf ihrem Stuhl hin.

»Du hast Mickey Mouse gesehen?« fragte sie, ihre Hände hielt sie an ihre Wangen gedrückt, ihre Augen waren groß wie Untertassen. »Ehrlich? Du hast ganz, ganz bestimmt Mickey Mouse gesehen?«

»Ganz, ganz ehrlich. Und Minnie Mouse auch. Schneewittchen war da, und mit ihr die sieben Zwerge, und . . .«

»Heather«, unterbrach Memory ihn, »die Eier werden kalt. Setz dich wieder richtig hin.«

Heather ignorierte ihre Mutter und beugte sich weiter vor, ihre großen dunklen Augen funkelten vor Aufregung.

»Mommy, Andrew hat Mickey Mouse gesehen!«

»Ja, das habe ich gehört, Sweetheart. Iß jetzt bitte dein Frühstück.«

»Wann fahren wir nach Kalifornien?« fragte Heather und rührte sich nicht. »Wann, Mommy? Ich will nach Dizzyland.«

»Mickey lebt in Disneyland«, sagte Andrew liebevoll. »Dis-ney-land. Ein toller Ort, Disneyland. Man hat dort eine Menge Spaß.«

Memory schaute ihn finster an, richtete ihre Aufmerksamkeit dann wieder auf ihre Tochter. »Wir werden später darüber diskutieren, Heather.«

»Ich will aber jetzt 'kutieren.«

Andrew lachte leise. Wieder warf Memory ihm einen grimmigen Blick zu.

»Heather«, mahnte sie, »ich möchte mich nicht mit dir

streiten. Ich sage es nicht noch einmal. Setz dich hin und iß dein Frühstück.«

Heather stieß einen ihrer effektvollen Seufzer aus und ließ sich auf den Stuhl plumpsen. Nachdem sie ihre Gabel genommen hatte, stach sie damit in den Berg Rührei auf ihrem Teller.

»Und jetzt in den Mund damit«, sagte Memory unbeeindruckt.

Heather aß etwas von den Eiern, wobei sie es fertigbrachte, ihren verdrossenen Gesichtsausdruck beizubehalten.

»Dein Gesicht wird gleich einfrieren, Heather-Honigkind«, sagte Andrew.

Sie kicherte und lächelte ihn an.

»Ah«, sagte er, »da ist ja mein hübsches Mädchen. Von irgendwoher kenne ich dieses Lächeln.«

Mein hübsches Mädchen? hallte es in Memorys Gedanken wider. O verdammt, das hatte so liebevoll geklungen. Heather war Andrews hübsches Mädchen, und sie, Memory, war Andrews . . .

Sie runzelte die Stirn, biß ein Stück vom Toast ab, und kaute gedankenverloren.

Was genau, so fragte sie sich, war sie eigentlich für Andrew? Er hatte gesagt, daß sie ihm etwas bedeutete, war zornig geworden, als sie verkündet hatte, daß es großartig gewesen war, mit ihm zu schlafen, aber daß es eine einmalige Sache gewesen sei, kein Versprechen für die Zukunft.

Was bedeuteten all diese Dinge, die Andrew gesagt und getan hatte? Und warum, um alles in der Welt, sollte sie auch nur eine Sekunde lang glauben, daß irgend etwas von all dem wahrhaft, ehrlich und aufrichtig war? Mehr noch, warum verschwendete sie ihre erschöpften mentalen Energien damit, darüber nachzudenken?

Weil, gestand sie sich widerstrebend ein, sie sich jetzt selbst eine Frage gestellt hatte, die nicht übergangen werden konnte. Hatte sie sich in Andrew Sloan verliebt?

Vergiß es. Die Frage konnte und würde ignoriert werden, genauso wie die Gefühle, die in ihr tobten und die sie zuerst veranlaßt hatten, sich diese Frage zu stellen. Und damit, vielen Dank auch, war die Sache erledigt.

Sie trank den letzten Schluck Kaffee und stand auf. Nachdem sie ihr Geschirr zur Spüle getragen hatte, wandte sie sich an Andrew.

»Ich werde zum Stall rübergehen und sehen, wer Zeit hat, um dich nach Tumbleweed zu fahren.«

»Ich gehe mit dir«, entgegnete er, während er seinen Stuhl zurückschob und sich erhob.

»Nein. Ich . . .«

»Lassen Sie nur das Geschirr, Andrew«, mischte sich Tina ein. »Lieber räume ich es ab, als mitanzusehen, wie Sie mit dem Porzellan herumjonglieren.«

Er lachte und sah dann zu Heather. »Bevor ich gehe, komme ich, um mir bei dir eine riesengroße Umarmung abzuholen, Heather-Honigkind.«

»Aber«, sagte sie, »ich will nicht, daß du gehst.« Sie zuckte ihre Schultern. »Ich werde dann noch viel mehr weinen.«

»Und die Engel dadurch traurig machen?« fragte er. »Nein, wir werden lächeln, und wir werden lachen, weil es viel schöner ist, wenn die Engel singen. Einverstanden?«

»Nein.«

»Du bist genauso dickköpfig wie deine Mama«, stellte er fest, und strich dem Mädchen über den Kopf.

»Ich werde bald zurück sein, Heather«, sagte Memory und ging zur Hintertür. »Und iß deinen Teller leer.«

Draußen atmete Andrew tief die frische Morgenluft ein.

»Ich mag es wirklich, wie es hier riecht«, sagte er, als sie zum Stall hinübergingen. »Die Gerüche vermischen sich alle miteinander, und es ist Natur pur.«

Memory nickte und schwieg.

»So«, sagte er, »Heather ist in Kalifornien zur Welt gekommen.«

»Ja.«

»Ich bin kein Experte darin, was im Kopf eines kleinen Mädchens vor sich geht, aber findest du es nicht eigenartig, daß sie nie nach ihrem Vater gefragt hat?«

Memory antwortete nicht. Er sah sie von der Seite an, und sein Herzschlag beschleunigte sich, als er abwartete, was sie erwidern würde. Er wußte, daß er sich auf gefährlichem Boden bewegte, daß er ein Thema berührte, das absolut tabu war.

Aber Memory hatte ihm über den Tod ihrer Eltern erzählt. Warum also sollte er nicht nach diesem gesichtslosen, namenlosen Mann fragen, der Memory dazu gebracht hatte, diese Mauern um sich zu errichten?

»Ich . . . ich habe mir etwas vorgemacht«, begann sie schließlich. »Weil Heather nie nach ihrem Vater gefragt hat, habe ich mir eingeredet, daß das bedeutet, daß sie kein Verlangen hatte, es wissen zu wollen, daß ihr die Arbeiter hier auf der Ranch ausreichend Vaterersatz waren.«

»Du könntest recht haben.«

»Nein. Ganz offensichtlich hat sie darüber nachgedacht und auch mit Betsy darüber gesprochen. Vielleicht haben die beiden beschlossen, daß Heather mich nicht nach ihrem Vater fragen sollte, weil mich das traurig machen würde. Betsys Vater ist vor anderthalb Jahren bei einem Jagdunfall ums Leben gekommen, und ich kann mich erinnern, daß Betsy erzählt hat, daß ihre Mutter immer geweint hat, wenn Betsy ihren Vater erwähnt hat.«

»Und deshalb hat Heather dich nicht nach ihrem Vater gefragt. Das scheint logisch.«

»Ich habe meine eigenen Schlüsse gezogen«, fuhr Memory fort, »weil das bequemer war. Ich wußte, ich würde irgendwann Heathers Fragen beantworten müssen, aber ich war nur allzu bereit, das hinauszuzögern.«

»Warum? Ich meine, wir leben in den neunziger Jahren, Memory. Du als Frau hast die Möglichkeit zu wählen. Du hast dich entschieden, Heathers Vater nicht zu heiraten, also . . .«

»Ich habe nichts derartiges entschieden.« Sie blieb stehen, veranlaßte ihn, dasselbe zu tun. »Ich war ein Dummkopf, ein leichtgläubiger Dummkopf. Wie soll ich das meiner Tochter erklären? Ich hatte gegen mein Leben hier aufbegehrt und wollte Aufregungen, Abenteuer, eine Ahnung von der Welt außerhalb dieser Ranch.«

»Das ist doch verständlich.«

»Im Prinzip schon, aber ich hab' alles falsch angefangen.« Sie starrte zu den Koppeln hinüber, wo die Pferde grasten. »Ich war leichtsinnig, und ich habe den Bezug auf mich selbst verloren. Ich ging nach Los Angeles, fand einen Job als Empfangsdame in einer riesigen Werbeagentur, kaufte phantastische Kleider und soviel Kosmetik, daß ich damit hätte handeln können. Ich befand mich auf der Überholspur, ehe ich es richtig gemerkt hatte, wurde von Menschen mitgerissen, die nichts anderes im Sinn hatten, als eine angenehme Zeit zu haben.«

»Das ist immer noch zu verstehen.«

Wütend schüttelte sie den Kopf. »Es war ekelhaft. Ich ließ mich mit einem Mann ein. Er hieß Jack und er . . . ich liebte ihn und habe mir eingeredet, daß er mich auch liebt. O Gott, was für ein Witz.« Sie holte tief Luft, um ihre Stimme zu beruhigen. »Ich war für ihn ein Schmuckstück, ein hübsches Spielzeug, etwas, was man herumzeigte. Wann immer ich auch versucht habe, mit ihm über meine Gedanken und Gefühle zu sprechen, hat er das Thema gewechselt, hat nicht einmal zugehört. Selbst die kleinste Sache, aus der man schließen konnte, daß sie ihn stören würde, so wie zum Beispiel, daß ich einen anstrengenden Tag im Büro gehabt hatte, war tabu.«

»Memory . . .« Andrew hob seine Hand, zögerte und nahm sie wieder herunter.

»Ich habe diese Regeln befolgt«, fuhr sie fort und sah Andrew dabei immer noch nicht an, »weil ich geglaubt habe, daß es so zwischen Mann und Frau sein müßte. Ich hatte nicht die Erfahrung, die Möglichkeit, um Wunsch und Wirklichkeit, Lüge und Wahrheit auseinanderhalten zu können. Ich bezweifle, daß ich das in bezug auf Männer jemals können werde.«

»Memory, das ist nicht fair. Du hast diese Mauern um dich herum errichtet, weil dieser eine Mann sich so verhalten hat.«

Sie wirbelte zu ihm herum. »Weil *ich* mich so verhalten habe. Ich bin auf schöne Worte und falsche Versprechungen hereingefallen. Wer sagt denn, daß ich nicht wieder das Opfer sein werde. Nein, danke. Ich habe wirklich nicht vor, dieses Risiko einzugehen.«

»Das ist verrückt«, entgegnete er und strich sich mit der Hand durchs Haar. »Du bist älter geworden und . . .«

»Weiser? Das bezweifle ich. Oh, ich habe gelernt, nicht meinem Urteil zu trauen, was Männer angeht. Wenn mich das weiser gemacht hat, dann allerdings bin ich es.«

»Herrgott, Memory, er ist doch nur ein Mann unter Millionen gewesen.«

»Er war Heathers Vater«, sagte sie und hob ihre Stimme, »der Mann, den ich mir ausgesucht hatte, mein erster Liebhaber zu sein. Als ich ihm sagte, daß ich schwanger wäre, hat er mir einen Scheck ausgeschrieben und mir gesagt, daß ich das Problem aus der Welt schaffen sollte. Unser Baby war ein *Problem.* Ich habe mich geweigert, und er hat mir erklärt, daß unsere Beziehung zu Ende wäre. Er hat mich ausgelacht, Andrew, und hat mir gesagt, ich sollte auf meinen Bauernhof zurückgehen. Aber falls ich je erwachsen werden und die Spielregeln der realen Welt begreifen würde, würde er sich freuen, mich wiederzusehen.«

Andrew stieß einen derben Fluch aus.

»Ich bin nach San Francisco gegangen«, erzählte sie weiter, und ihre Stimme klang tonlos. »Ich nutzte die Monate bis zu Heathers Geburt, wieder einen klaren Kopf zu bekommen, mir wieder ins Bewußtsein zu rufen, wer ich war und wohin ich gehörte, und dann habe ich mein Baby nach Hause gebracht.«

»Und hast dich selbst zu einem einsamen Leben verurteilt.«

»Mein Leben ist gut, so, wie es ist.«

»Wirklich? Kann ich aus dem, was du gesagt hast, schließen, daß das, was wir letzte Nacht zusammen erlebt haben, keine Bedeutung hat? Es war nur etwas für den Augenblick, weil dein Leben ja schließlich perfekt ist? Du brauchst weder mich noch sonst jemanden. Habe ich das richtig verstanden, Memory? War unsere Liebesnacht wirklich nur zufälliger Sex?«

»Nein!« Sie stemmte die Fäuste in die Hüften. »Sei verdammt, Andrew Sloan, untersteh dich nicht, das, was passiert ist, herabzuwürdigen. Ich werde die Erinnerung an unsere Nacht bewahren. Wir haben uns geliebt. Es war etwas Wunderschönes und Kostbares und hat mir mehr bedeutet, als ich jemals . . .« Sie hörte auf zu sprechen, und ihre Augen waren vor Schreck weit geöffnet, als ihr klar wurde, was sie gesagt hatte. ». . . als ich dir sagen kann«, beendete sie den Satz mit leiser Stimme.

»Gut.« Er küßte sie flüchtig. »Sehr gut, weil ich es genauso empfinde wie du.«

»Warte einen Moment.«

»Wir bringen diese Show jetzt besser über die Bühne. Heather ist immer noch versessen darauf, mich als ihren Daddy zu haben. Sie wird diese Idee vergessen, sobald ich nicht mehr hier bin. Meine Abwesenheit wird dir den Freiraum geben, den du brauchen wirst, um mit ihr zu reden, ihr zu erklären, daß es dein Job ist, einen Daddy für sie aufzusammeln, und nicht ihrer. Es sollten für Heather alle Probleme aus der Welt geschafft sein, wenn ich zu gegebener Zeit . . . Nun, laß uns gehen.«

Er setzte seinen Weg zum Stall fort, und schritt mit seinen langen Beinen schnell aus. Memory spurtete hinter ihm her, bekam ihn am Hemdrücken zu fassen.

»Bleib sofort stehen, Sloan!«

Er tat, wie ihm angewiesen worden war, und sah sie dann mit einem Ausdruck reinster Unschuld an.

»Ja, Lawson?«

»Ich sollte für Heather alle Probleme aus der Welt geschafft haben, wenn du zu gegebener Zeit was tust? Sprich diesen Satz zu Ende.«

»Oh. Nun, sicherlich weißt du, was ich sagen wollte.«

»Beende . . . diesen . . . Satz!« preßte sie zwischen zusammengebissenen Zähnen hervor.

»Wenn ich, meine liebreizende Miss Memory Mountain, zu gegebener Zeit zurückkommen werde.«

7

Andrew blätterte die Seite des Buches um, machte sich eine Randnotiz und las dann weiter.

»Hallo, hallo«, rief eine Frau laut.

»Hallo«, antwortete Andrew, während er den Blick auf seine Lektüre gerichtet hielt.

»Andrew Sloan, mit dir kann man wirklich nichts mehr anfangen. Seit du von dieser Spritztour nach Arizona zurück bist, bist du der reinste Bücherwurm, ein gesellschaftlicher Versager, ein . . .«

»Nur weiter, Mercy«, sagte er und sah seine Schwester noch immer nicht an. »Du bist gerade so schön in Fahrt.«

Mercy Sloan Murretti schnalzte ärgerlich mit der Zunge, beugte sich dann über Andrews Schreibtisch und legte ihre Hände auf das Buch.

»He!« Sein Kopf fuhr hoch, und ärgerlich starrte er seine Schwester an.

Ebenso aufgebracht erwiderte sie seinen Blick. Mercy war das Nesthäkchen der Familie, konnte sich aber gegen ihre drei großen Brüder Clark, Andrew und Phil gut behaupten.

Clark und Mercy hatten das kastanienbraune Haar von ihrer Mutter geerbt, während Phil und Andrew schwarzes Haar hatten wie ihr Vater. Aber alle vier Sloan-Sprößlinge hatten die gleichen schokoladenbraunen Augen.

»Jetzt, wo ich deine Aufmerksamkeit wecken konnte«, sagte Mercy, während sie ihre Hände zurückzog, »würde ich gern mit dir reden.« Sie setzte sich in den Sessel vor seinem Schreibtisch. »Übrigens steht es nicht zur

Debatte, ob wir diese Unterhaltung überhaupt haben werden oder nicht.«

»Du bist die anmaßendste Frau, die ich je getroffen habe. Seit Weihnachten bist du mit Tony verheiratet. Hast du ihn schon in den absoluten Wahnsinn getrieben? Armer Bursche, wahrscheinlich hatte er keine Ahnung, was auf ihn zukommen würde.«

»Sei nicht albern. Tony kann sich glücklich schätzen, daß ich ihn mir als Ehemann ausgesucht habe. Und er weiß das auch, weil ich es ihm mindestens einmal am Tag sage.« Sie lachte. »Ich mach' nur Spaß. Wir sind uns beide darüber im klaren, daß wir eine wundervolle Beziehung haben, und das bedeutet uns sehr viel.«

Andrew nickte, sagte aber nichts.

»Okay, Andrew, die Stunde der Wahrheit. Was ist los mit dir? Zuerst dachte ich, du wärst wegen deines gebrochenen Handgelenks so niedergeschlagen, weil es so frustrierend lästig ist, alles mit einem Gipsverband bewältigen zu müssen. Ein Gipsverband übrigens, der die miserabelste Pfuscherei ist, die ich je gesehen habe.«

Andrew starrte grimmig auf den Verband und zuckte dann mit den Schultern. »Er hat Charakter.«

»Wahrscheinlich hat er eine Krankheit. Laß uns auf unser Thema zurückkommen.«

»Welches Thema?«

»Dein Verhalten, seit du aus der Wildnis Arizonas zurückgekehrt bist. Um Himmels willen, es ist jetzt vier oder fünf Wochen her und . . .«

»Fünf Wochen und zwei Tage.«

»Wer zählt schon so genau?« Ihre Augen wurden groß. »*Du* zählst! Warum denn? Weil du endlich den Verband loswerden willst?«

»Bei dieser Schlußfolgerung können wir es belassen.«

»Aha! Das heißt, es gibt noch einen anderen Grund.

Komm schon, Andrew, sag es mir. Mir ist klar, daß du verschlossener bist als Clark oder Phil und daß du meist die Dinge für dich behältst. Du hast das schon immer getan. Keiner von uns hat dich je gedrängt, uns etwas zu erzählen, wenn du nicht bereit dazu warst, aber diesmal werde ich es tun. Ich tue es nicht aus Neugier. Du benimmst dich, was zum Beispiel diese Bücher angeht, sehr merkwürdig. Ich bin sehr besorgt um dich.«

»Warum?« Er warf das Buch auf den Schreibtisch. »Ich bin hier überflüssig, Mercy. Alles, was ich tun kann, ist, Telefonanrufe entgegenzunehmen und Fragen von Kunden zu beantworten. Irgend etwas muß ich ja den ganzen Tag lang machen, also lese ich.«

»Lesen? Soweit ich das beurteilen kann, studierst du die Bücher. Ich habe mir angeschaut, was du aus der Bücherei angeschleppt hast. Du hast dir einen Stapel Bücher über Pferdezucht, Landwirtschaft und über das Klima und den Boden Arizonas geholt. Und heute waren es fünf Bücher über die Entwicklung und Erziehung von Kindern. Das ist nicht einfach Freizeit-Lektüre. Irgend etwas sehr Wichtiges geht hier vor.«

Er seufzte und lehnte sich in seinem Sessel zurück, wobei er Mercy anblickte. Er sah die Liebe und die Besorgnis in ihren Augen, und er nickte schließlich.

»Du hast recht«, gab er zu. »Es ist wichtig, und es wäre schön, jemanden zu haben, mit dem ich darüber reden kann. Aber trotzdem, sag nichts davon Clark oder Phil.«

»Das werde ich nicht, Andrew, aber sie lieben dich genauso sehr wie ich.«

»Das weiß ich, und ich liebe sie, aber du hast nie zwischen zwei Brüdern gestanden, die in allem, was sie taten, überragend waren. Ich habe nie mit jemandem von euch darüber gesprochen, aber ich fühlte mich immer im Schatten von Phil und Clark. Alles, was ich anzupacken versucht habe, ist ihnen immer viel besser gelungen. Warum, glaubst du, habe ich mit dem Wandern, Zelten und all diesen Aktivitäten in freier Natur angefangen?«

Mercy runzelte die Stirn. »Ich glaube, darüber habe ich nie wirklich nachgedacht.«

Er setzte sich aufrecht hin und verschränkte die Hände auf dem offenen Buch auf seinem Schreibtisch. »Weil, kleine Schwester, weder Clark noch Phil an diesen Dingen interessiert waren.«

»So mußtest du also nicht mit ihnen wetteifern. Oh, Andrew, sie haben niemals beabsichtigt, dich auszustechen.«

»Das weiß ich. Und ich habe eine Möglichkeit gefunden, etwas Eigenes zu tun und auf meine Leistungen stolz zu sein. Aber jetzt . . .« Er schüttelte den Kopf.

»Jetzt?«

»Schau, du bist mit Tony glücklich verheiratet. Phil schwebt mit Julie und seinem Sohn im siebten Himmel. Clark ist gerade auf Brautschau, und ich weiß, daß er eine finden wird, denn Clark gelingt jedes Projekt, das er in Angriff nimmt.«

»Und du?« fragte Mercy. »Unser Thema scheint Beziehungen, Heiraten . . . Liebe zu sein.«

»Bingo. Ich hatte all diese Wochen, um darüber nachzudenken. Die Sache ist die, Mercy, daß ich wieder gegen meine Brüder angetreten bin . . . ach zur Hölle, eigentlich gegen die ganze Welt, und wenn ich das verpatze, möchte ich eigentlich, daß niemand davon weiß. Ich war so selbstzufrieden, als ich von dort fortgegangen bin, aber als die Tage vergingen, habe ich wirklich das große Zittern bekommen.«

Sie hob eine Hand hoch. »Warte. Von dort fortgegangen? Arziona? Du bist in Arizona einer besonderen Frau begegnet?«

»Ich . . . ich habe mich verliebt in Arizona.«

»O Andrew«, rief sie aus und lächelte warm, »das ist wundervoll.« Ihr Blick schweifte zu den aufgestapelten Büchern. »Laß mich raten. Sie hat eine Ranch, züchtet Pferde, und entweder hat sie ein Kind, oder du möchtest welche mit ihr haben. Wie heißt sie?«

Andrew atmete tief ein, ehe er langsam wieder ausatmete.

»Memory. Ihr Name ist Memory Lawson, und ich liebe sie. Sie hat eine fünf Jahre alte Tochter, Heather, die springlebendig ist, für Mickey Mouse schwärmt und eine Miniaturausgabe ihrer Mutter ist.«

»Ich freue mich so sehr für dich, Andrew.«

»Tu das nicht«, entgegnete er düster. »Jetzt noch nicht. Heathers Vater hat Memory sehr tief verletzt, und sie hat eine hohe, dicke Mauer um sich herum errichtet. Ich habe daran gekratzt, konnte sie sogar einige Male durchdringen, aber seit ich wieder hier bin, frage ich mich ernsthaft, ob ich tatsächlich so viele Fortschritte gemacht habe, wie ich geglaubt hatte.«

»Wenn sie dort lebt, warum bist du dann hier?«

»Dieser verdammte Gipsverband, darum. Ich bin im Schatten von zwei leistungsorientierten Brüdern aufgewachsen. Aber es ist noch weitaus härter, wenn man in den Augen der Frau, die man liebt, zu nichts nutze zu sein scheint. Und gegen mich spricht auch so schon genug. Mein größter Fehler ist es, ein Angehöriger der männlichen Spezies zu sein.«

»Sie haßt die Männer?«

»Das trifft es nicht genau. Jack, der Mann, mit dem sie zusammen gewesen ist, war ein Schuft, der Typ Kerl, der nur eine schöne Zeit haben will und nicht bereit ist, seinen Teil der Verantwortung oder der Probleme zu übernehmen. Memory traut ihrem eigenen Urteilsvermögen nicht mehr, ihrer Fähigkeit, die guten Männer von den schlechten unterscheiden zu können. Deshalb hat sie sich entschlossen, lieber allein zu leben, ehe sie noch einmal das Risiko eingeht, verletzt zu werden.«

»Aber du bist ein wundervoller Mann. Du bist ehrlich, loyal, nachdenklich, du achtest Frauen.«

Er lächelte. »Ich weiß das, und du weißt das, aber Memory Lawson ist diejenige, die ich davon überzeugen muß. Heather ist weniger voreingenommen. Sie hat mich gleich zu ihrem Daddy erklärt – ohne Wenn und Aber.«

»Ein gescheites Kind.«

»Allerdings.« Wieder runzelte er seine Stirn. »Morgen gehe ich zum Arzt, Mercy. Er ist ziemlich sicher, daß der Verband abgenommen werden kann, das hängt von der letzten Röntgenaufnahme ab, die gemacht worden ist. Wenn dem so ist, werde ich Phil und Clark sagen, daß ich nochmal für einige Zeit weg muß. Das wird ihnen nicht gefallen, wo ich schon nicht mit anpacken konnte, seit ich zurück bin. Sie werden fragen, was das soll, aber ich habe nicht vor, ihnen meine Gründe darzulegen.«

»Mach dir deswegen keine Gedanken. Dad wird für einige Stunden einspringen, wenn es nötig ist. Der Verband wird also entfernt und was dann?«

»Dann fahre ich nach Arizona. Ich werde mich der härtesten und wichtigsten Schlacht stellen, die ich je in meinem Leben geschlagen habe: Die Liebe von Miss Memory Mountain Lawson zu gewinnen.«

Seine Schwester streckte ihm über den Schreibtisch die Hand entgegen und drückte fest seine linke Hand. »O Andrew, was kann ich sagen?«

»Hoff darauf, daß du die Engel singen hören wirst, Mercy.«

Memory lag auf dem Rücken auf dem Memory Mountain, umgeben von Wildblumen in allen Farben des Regenbogens. Über ihr wölbte sich der strahlend blaue Himmel bis in die Ewigkeit. Sie atmete tief den süßen Duft der Blüten und lächelte, als sie der Symphonie lauschte, die von den summenden Bienen dargebracht wurde.

Sie schaute zu Boy hinüber, der neben ihr lag und sofort eingeschlafen war, dann schloß sie die Augen. Ihre Finger lagen auf ihrem Bauch, und sie wartete auf dieses wunderbare Gefühl von Frieden und Geborgenheit, von dem sie hoffte, daß es sich in ihr ausbreiten würde.

Es kam nicht.

Memory wälzte sich hin und her, lag dann wieder still, wartete erneut.

Jeden Mai kam sie hier herauf, um zwischen den Blumen zu liegen, deren Zartheit zu bewundern und den Frieden zu genießen, den sie hier immer gefunden hatte.

In diesem Jahr jedoch war dieser Friede schwer faßbar, war flüchtig, ausweichend, tanzte genau außerhalb ihrer Reichweite wie die Schmetterlinge, die von Blüte zu Blüte gaukelten. Und sie wußte, warum das, wonach sie strebte, ihrem Zugriff entschwebte. Andrew Sloan.

Während der scheinbar endlosen Tage und Nächte, seit er fortgegangen war, war Andrew niemals aus ihren Gedanken verschwunden. Immer sah sie ihn im Geiste vor sich, lachend, lächelnd, wie er sie liebevoll anschaute, den sehnsüchtigen Ausdruck des Verlangens in seinen Augen.

Memory konnte seinen nackten Körper vor sich sehen, durchtrainiert, gebräunt, wunderschön proportioniert, sinnlich. Sie konnte sich lebhaft an den Geschmack und den Duft seiner glänzenden Haut erinnern. Die Erinnerung an ihre Liebesnacht erfüllte und verzehrte sie, trug sie in sehnsuchtsvolles Vergessen, löste Hitzeströme in ihr aus.

O Gott, wie sehr er ihr fehlte. Da war eine Lücke, eine Leere in ihrem Leben, ein Platz, an dem Andrew sein sollte, es aber nicht war – weil sie ihn fortgeschickt hatte.

Memory seufzte, machte aber keine Anstalten, sich zu rühren oder die Augen zu öffnen. Sie würde sich zufrieden und glücklich fühlen und wenn sie hier, verdammt noch mal, zwei Wochen lang liegen bleiben müßte.

Das, dachte sie, ist einer der dümmsten Gedanken, den du je gehabt hast. Sie bemühte sich verzweifelt, die Kontrolle über ihre Gedanken und – der Himmel möge ihr beistehen – über ihr Herz wiederzugewinnen.

Andrew war fort, und obwohl er es gesagt hatte, war er nicht zurückgekommen. Schön. Sie wollte ihn hier auch gar nicht haben, wo er doch nur ihr Leben vermasselte, an ihrer Entscheidung, sich nie mehr mit einem Mann einzulassen, rüttelte.

Sie würde Andrew vergessen . . . bald. Die wundervollen und kostbaren Erinnerungen würden verblassen . . . bald. Sie würde sich nicht länger damit quälen müssen, sich zu fragen, ob sie ihn liebte oder nicht . . . bald.

Sie schlug die Augen auf.

Genausogut könnte sie ihre Niederlage eingestehen. Ganz offensichtlich konnte sie heute ihre Seelenruhe und ihre Zufriedenheit noch nicht finden. Aber es würde ihr wieder gelingen . . . bald. Sie würde jetzt die Blumen und ihren Berg verlassen und einen Ausritt mit Sugar Shoes unternehmen, der sie auf andere Gedanken bringen würde.

Das wunderschöne und wertvolle Tier hatte sich vollkommen erholt. Glückliche Sugar, dachte Memory.

Mutter Natur hatte es so eingerichtet, daß sich Tiere, wie dieses Pferd, nicht an tragische Vorkommnisse wie den Verlust eines Babys erinnerten. Sugar Shoes hatte kein gebrochenes Herz wegen des Todes ihres Fohlens.

Weise Mutter Natur, dachte Memory. Die Menschen sorgten schon von ganz allein dafür, daß die Engel traurig waren.

Plötzlich wachte Boy auf, war vollkommen wachsam. Er sprang über Memory hinweg, die immer noch ausgestreckt auf dem Rücken lag, und knurrte, sein Nackenfell sträubte sich.

Sie stand auf und griff dabei nach ihrem Gewehr. Einen Augenblick später wurde Boys Knurren zu einem aufgeregten, glücklichen Bellen, und er wedelte aufgeregt mit dem Schwanz.

»Boy, was . . . he!« Verwirrt runzelte sie die Stirn, als der Schäferhund sich fröhlich bellend davonmachte. »Wahrscheinlich ein Kaninchen«, murmelte sie, während sie sich das Gewehr in den Arm legte.

Dann stockte ihr für einen Augenblick das Herz, ehe es wie wild weiterschlug. Sie hörte auf zu atmen, und von irgendwoher aus den geheimen Tiefen ihrer sich überschlagenden Gedanken, erhielt sie den Hinweis, daran zu denken, wieder Luft zu holen. Sie war sich weder des schweren, süßen Duftes der Blumen noch des Summens der Bienen bewußt.

Nur ein Gedanke hallte unaufhörlich in ihr wider. *Andrew Sloan war zurückgekommen.*

Er war über die Kuppe des Hügels gekommen und ging nun langsam auf sie zu, während Boy vor Aufregung jaulte und winselte und im Kreis um ihn herumsprang.

Willkommen, Andrew, wisperte ihr Herz.

Geh weg, Andrew, befahl ihr Verstand.

Andrew ist zurückgekommen, entgegnete ihr Herz. Groß und gutaussehend, das dichte Haar vom Wind zerzaust und den Blick der dunklen Augen fest auf sie gerichtet. Andrew ist zurückgekommen.

Was für eine Unverfrorenheit, begehrte ihr Verstand auf. Wie konnte er es wagen, hier so einfach unangemeldet aufzutauchen. Und wieder hatte er ihren Berg widerrechtlich betreten. Nun, dieses überhebliche Mannsbild sollte geradewegs . . .

. . . geradewegs in ihre Arme marschieren.

Als er näher kam, Schritt für Schritt, spürte Memory, wie ihr die Knie zitterten. Sie konnte den Ausdruck auf seinem Gesicht nicht deuten und hatte absolut keine Ahnung, was von ihrem eigenen abzulesen war.

Ein Durcheinander von Gefühlen tobte in ihr: Freude, Angst, Erwartung, Zorn und Verlangen. Ein sich langsam steigerndes Verlangen.

Er blieb vor ihr stehen, schaute sie unverwandt an. Boy ließ sich mit hängender Zunge auf den Boden fallen und wedelte immer noch mit dem Schwanz.

Sag etwas, dachte Memory. Hör auf, dort wie ein vollkommener Trottel herumzustehen. Sie mußte den Mund aufmachen und etwas sagen.

»Ich . . .«, begann sie.

»Schhhh«, sagte Andrew.

Er umschloß ihr Gesicht mit beiden Händen, und sein Blick nahm jede Linie ihrer Züge in sich auf. Die Leidenschaft, die jetzt aus seinen ausdrucksvollen Augen strahlte, wurde mit jeder Sekunde, die verstrich, größer.

Memory hatte den ziemlich verrückten Gedanken, daß ihre Knochen gleich schmelzen und sie sich zu einem kleinen Häufchen zu seinen Füßen auflösen würde.

Dann neigte er den Kopf und küßte sie.

Sie schloß die Augen und öffnete die Lippen, um seinen tastenden Mund ungeduldig willkommen zu heißen.

O ja, flüsterte ihr Herz, und dann wurde alles Denken von einer Welle der Leidenschaft verdrängt.

Memory, dachte Andrew, und sein Herz klopfte zum Zerspringen, als er ihre Erwiderung auf seinen Kuß spürte. Er liebte sie so verdammt sehr, und bei Gott, wie unendlich er sie vermißt hatte.

Er wollte sie lieben, hier auf dem Memory Mountain, in einem Bett aus Wildblumen, das die Natur für sie bereitet hatte. Er wollte, daß ihre Körper eins wurden, wollte sich zusammen mit ihr zu dem verzauberten Ort tragen lassen, an dem die Ekstase regierte.

Doch in diesem Moment spürte er, wie sich das Gewehr, das Memory hielt, gegen seinen Magen drückte. Und das war *nicht* gerade der Stoff, aus dem romantische Träume gemacht waren.

Andrew hob den Kopf und sah in ihre verschleierten Augen, als sie langsam die Lider öffnete. Sie lächelte ihn an, dann versteifte sie sich, blinzelte und machte schnell einen Schritt rückwärts. Er war gezwungen, sie loszulassen.

»Du bist . . .« Memory hielt inne, als ihr bewußt wurde, daß sie völlig außer Atem war. Tief schöpfte sie Atem und versuchte es noch einmal. »Du bist widerrechtlich hier, Sloan.«

Er stemmte die Hände in die Hüften und verdrehte die Augen. »Ich kann nicht glauben, was du da sagst.«

»Nun, du *bist* widerrechtlich hier.«

Und ich höre mich an, als wäre ich so alt wie Heather, dachte sie bedrückt. Aber sie wußte nicht, was sie sonst tun oder sagen sollte. Ihr Herz raste immer noch wegen dieses leidenschaftlichen Kusses, und Andrew war so wunderbar, und sie war so glücklich ihn zu sehen, und sie liebte ihn so sehr, und . . .

»Was?« fragte sie.

»Ich habe nichts gesagt«, erwiderte Andrew, »aber ich werde es jetzt tun. Ich bin froh, dich zu sehen. Memory. Sehr froh. Ich habe dich vermißt.«

»Ich . . . nun, ich . . . oh!« Sie atmete schwer. Sie liebte Andrew Sloan? Oh, der Himmel mochte ihr beistehen, aber sie liebte ihn. Das war fürchterlich, eine Katastrophe. Aber sie würde das nicht einfach hinnehmen. Es war nicht ihre Absicht gewesen, sich in Andrew zu verlieben. Aber jetzt war sie es! Lieber Gott, was um alles in der Welt sollte sie tun? »Was willst du hier auf meinem Berg?«

Er schüttelte den Kopf und lächelte gequält. »Du bist als Begrüßungskomitee absolut ungeeignet, Memory. Schau, ich habe dein Land nicht widerrechtlich betreten. Ich bin geradewegs zur Ranch gefahren, Tina hat mich nett und *freundlich* willkommen geheißen und mir dann gesagt, daß du wahrscheinlich hier oben bist. Ich bin von ihr *freundlich* aufgefordert worden, nach dir zu schauen.«

»Ich verstehe. Nun, dann hältst du dich wohl nicht widerrechtlich hier auf. Du tust so etwas Ähnliches, aber . . . Was ist mit deinem Handgelenk?«

»So gut wie neu. Memory, ich weiß, daß es höflicher von mir gewesen wäre, vorher anzurufen, um zu hören, ob es die passende Zeit wäre zu kommen.«

»Ein guter Gedanke.«

»Aber das war zu riskant. Wenn du mir gesagt hättest, ich solle nicht kommen, hätte ich wirklich in der Klemme gesessen.« Er zuckte die Schultern. »Deshalb bin ich so gekommen.«

»Warum?«

»Wie geht es Heather? Haben ihr die Mickey-Mouse-Postkarten gefallen, die ich ihr geschickt habe?«

»Sie liebt sie. Sie hat sie an der Pinnwand in ihrem Zimmer. Warum bist du hier?«

»Und die Ranch? Läuft alles glatt?«

»Die Pferde sind wohlauf, ich bin bis obenhin mit Papierkram zugeschüttet, was ich zwar abscheulich finde, aber nicht ändern kann. Rick meint, daß ich mir einen Computer zulegen sollte. Andrew, warum bist du hier?«

»Tina sieht großartig aus. In der Küche duftete es nach Zimt und . . .«

»Verdammt, Sloan, warum bist du hier?«

»Weil, Lawson«, schrie er fast zurück, »ich dich zufällig liebe. Hast du das kapiert? Ich . . . liebe . . . dich!« Er seufzte laut. »Schrei es ihr ins Gesicht, Sloan. Das ist wirklich wunderbar.«

Sie beugte sich zu ihm, ihre Wangen waren plötzlich blaß geworden. »Wie bitte?«

Er lächelte sie an, und seine Stimme war wie ein sanftes Streicheln, als er sprach.

»Ich liebe dich, Memory. Ich liebe dich mehr, als ich dir jemals sagen könnte. Ich bin zurückgekommen, weil ich dich liebe, und ich habe vor, deswegen etwas zu unternehmen.«

»Was soll das heißen?« fragte sie, und ihre Stimme ähnelte der von Mickey Mouse.

»Daß ich alles in meiner Macht Stehende tun werde, um dich davon zu überzeugen, daß ich dich aufrichtig liebe, und dich gleichzeitig davon zu überzeugen, daß du mich auch aufrichtig liebst. Du wirst sehen, daß du deinem Urteil trauen *kannst*, weil wir beide zusammen phantastisch sein werden.« Er nickte. »Ich denke, damit wäre alles hübsch geregelt.«

»Du bist verrückt«, sagte Memory. Sie lachte nervös. »Du bist übergeschnappt, Sloan.«

»Nein«, widersprach er bestimmt, »ich habe mich verliebt . . . in dich.«

»Ich werde mir das nicht länger anhören.« Abrupt wandte sie sich ab und ging davon. »Komm, Boy.« Der Hund trottete ihr nach.

Andrew folgte ihnen, um seine Mundwinkel spielte ein zufriedenes Lächeln.

Memory Lawson ist erschüttert, dachte er. Er hatte sie ganz schön durcheinandergebracht, daran bestand kein Zweifel. Sie kämpfte gegen ihre Gefühle für ihn, aber nichts konnte ungeschehen machen, auf welche Weise sie auf seinen Kuß reagiert hatte. Er bedeutete ihr etwas, er war sich dessen sicher. Der Schauplatz war vorbereitet, die Schlacht hatte begonnen – und Andrew hatte die Absicht zu gewinnen. Er mußte es.

Der Abstieg vom Berg begann in völligem Schweigen. Andrew hielt sich hinter Memory und genoß den Anblick ihrer langen Beine in den verwaschenen Jeans.

Er stellte fest, daß ihr Wanderschritt nicht rhythmisch war. Sie ging wieder viel zu schnell, hielt nicht das richtige Verhältnis zwischen Schrittlänge und Körperkraft ein. Jedoch glaubte er nicht, daß das der geeignete Zeitpunkt war, diese Tatsache zu erwähnen.

Er würde es in die Hand nehmen müssen, Heather auf die Aktivitäten im Freien vorzubereiten. Das war sicher. Er wollte, daß Honigkind-Heather von Anfang an lernte, wie sie sich in der Natur richtig zu verhalten hatte.

Andrew erinnerte sich daran, daß er das letzte Mal, als er diesen Berg hinabgestiegen war, um eine Pause gebeten hatte. Aber das war natürlich verständlich gewesen. Sein Handgelenk war gebrochen und die Schmerzen sehr stark gewesen.

Heute würde es keine Probleme geben. Er war den Weg von der Ranch heraufgekommen und hatte den Aufstieg bewältigt, ohne nur im mindesten aus der Puste zu kommen. Hinabzusteigen war schwieriger, erforderte eine größere Geschicklichkeit, um das Gleichgewicht zu halten, aber er war schon oft in einem Gelände unterwegs gewesen, das diesem vergleichbar war.

Man könnte meinen, stellte er nachdenklich fest, Memory würde nach all den Jahren, in denen sie auf ihrem eigenen Berg herumgeklettert war, merken, daß sie ihre Schritte nicht richtig setzte. Wahrscheinlich würde sie bald den Wunsch verspüren, anzuhalten und Atem zu schöpfen, ganz sicher.

Zehn Minuten später überkam Andrew das Gefühl eines déjà vu, als ihm klar wurde, daß Memory *keine* Rast einlegen wollte. Ebenso bekannt war ihm seine eigene Müdigkeit, diesmal ohne die Entschuldigung einer Verletzung.

Die Muskeln in seinen Waden verkrampften sich durch das seitliche Gehen, was aber notwendig war, wenn man sich sicher abwärts bewegen wollte. Seine Lungen begannen zu brennen. Schweiß lief ihm den Rücken hinunter, und sein Hals war wie ausgedörrt.

Memory behielt ihr gleichmäßig schnelles Tempo bei, Boy lief neben ihr her.

Ich glaub' das nicht, dachte Andrew fassungslos. Memory Lawson wanderte vor ihm her, und ihre Schritte erlahmten nicht. Es war für jeden offensichtlich, daß sie spielend leicht jede Distanz durchhalten konnte, die sie zurücklegen wollte.

Seinem männlichen Ego versetzte das einen empfindlichen Schlag in die Rippen. Memory war viel geländetauglicher als er es war, eine Tatsache, die ihm gar nicht so sehr behagte. Jahrelang hatte er darauf gehofft, eine Frau zu finden, die seine Liebe zur Vielfalt der Natur teilte, eine gleichgesinnte Partnerin, eine Partnerin fürs Leben.

Und da war sie, Memory Lawson, die ihm auf dem Gebiet des Laufens gewissermaßen die Socken auszog. Nein, es war nicht angenehm, aber wenn man es sich genau überlegte, konnte man sich auch darüber amüsieren. Es tat seinem aufgeblasenen Macho-Gehabe ganz gut, eine gerechte Strafe zu bekommen.

Ein Lachen stieg in Andrews Brust auf und explodierte dann in einem schallenden Gelächter.

Memory blieb stehen und schaute ihn fragend an.

»Ein privater Witz«, erklärte er grinsend.

»Oh«, sagte sie, wandte sich um und wollte weitergehen.

»Memory, warte. Ich muß erst mal zu Atem kommen. Du kannst ja weitergehen. Ich komme in einer Minute nach. Den Weg zur Ranch kenne ich ja.« Er ging zu einem großen Felsbrocken, ließ sich darauf nieder und atmete tief durch. »Wow.«

Memory starrte ihn an, in ihrem Kopf schwirrten wieder Stimmen, sagten ihr, daß sie weitergehen sollte, sagten ihr, daß sie bleiben sollte. Ergeben seufzte sie und setzte sich zu Andrew auf den Felsen. Das Gewehr legte sie auf die Erde, und Boy ließ sich daneben fallen.

Nicht darüber nachdenken, ermahnte sie sich zum wiederholten Mal. Sie würde nicht darüber nachdenken, was Andrew über seine Gefühle für sie gesagt hatte. Sie würde es nicht tun . . . Oh, wer hielt sie da zum Narren? Seine Worte hallten in ihren Gedanken wider, hämmerten in ihrem Kopf und wisperten in ihrem Herzen.

Ich liebe dich, Memory. Ich liebe dich mehr, als ich dir je sagen kann. Ich bin zurückgekommen, weil ich dich liebe, und ich habe vor, deswegen etwas zu unternehmen.

Und sie liebte ihn. Oh, lieber Gott, wie sehr sie ihn liebte. Sie hatte sich geschworen, niemals wieder ihren Gefühlen zum Opfer zu fallen, aber jetzt gab es Andrew.

Und sie fürchtete sich bis in ihr tiefstes Inneres.

»Es ist wirklich sehr schön hier«, sagte er und brachte sie von ihren quälenden Gedanken ab. »Diese Wildblumen sind wie ein ausgebreiteter Teppich; sie reichen, so weit das Auge blicken kann.«

»Ja«, bestätigte sie und zupfte sich einen nicht vorhandenen Fussel von ihrer Jeans.

»Memory, sieh mich an.«

»Hast du dich jetzt genug ausgeruht?« fragte sie und hielt ihren Blick starr auf ihre Knie gerichtet.

»Sieh mich an.«

Langsam hob sie den Kopf, um Andrew anzuschauen.

»Ich werde dich nicht verletzen«, sagte er mit dunkler Stimme. »Ich werde dich nicht belügen, und ich werde nicht vor Problemen oder vor meiner Verantwortung davonlaufen. Ich liebe dich, Memory, und ich bitte dich, mir – uns – eine Chance zu geben.«

»Nein«, flüsterte sie, »nein.«

Andrews Hals schnürte sich zu, als er die Blässe ihrer Haut sah, die große Angst, die in ihren wunderschönen Augen stand.

»Memory«, sagte er, und seine Stimme war rauh vor Bewegtheit.

Er legte einen Arm um ihre Schultern und zog sie an sich, bettete ihren Kopf an seine Brust. Er fuhr mit den Fingern durch ihr Haar, küßte sie auf den Kopf, atmete tief ihren Duft nach frischer Luft, Seife und einem zarten Hauch von Wildblumen ein.

»Nicht weinen«, sagte er.

»Tue ich auch nicht«, murmelte sie.

Oh, Memory, steh auf, ermahnte sie sich matt. Sie sollte sich ihm entziehen, aus Andrews Umarmung fliehen, allein den Berg hinuntersteigen und Trost bei einem Pferd suchen, einem sanften, zuverlässigen, ihr Schutz bietenden Pferd.

Doch im Moment hatte sie weder die körperliche noch die emotionale Kraft, sich zu bewegen. Andrew fühlte sich so gut an, roch so gut. Er war stark, tröstend, zuverlässig. Die Wärme, die sein Körper ausstrahlte, drang in den ihren ein und vertrieb die kalte Furcht, die ihre Seele umklammert hielt.

Das macht doch überhaupt keinen Sinn, dachte sie, denn *er* ist der Grund meiner Angst. Andrew, zusammen mit ihrem stummen Eingeständnis, daß sie ihn liebte, war die Ursache dieses überwältigenden Dranges, so schnell und so weit wie möglich zu fliehen.

»Memory«, sagte er und hielt sie fester, »ich weiß, daß du in der Vergangenheit bitter enttäuscht und zutiefst verletzt worden bist, aber das ist lange her. Kannst du es nicht vergessen? Du zwingst dich und mich jetzt dazu, den Preis für Entscheidungen zu zahlen, die du getroffen hast, als du sehr jung und sehr durcheinander warst.«

Sie fuhr zurück und versteifte sich, zwang ihn, sie freizugeben.

»Ich bin auch jetzt verwirrt, du Dummkopf«, hielt sie ihm vor. »In meinem Kopf herrscht ein einziges Durcheinander, mein Leben ist ein riesiges Chaos, und verdammt noch mal, das ist alles deine Schuld.«

Er lächelte. »Das ist eine gute Neuigkeit. Es würde mir nämlich gar nicht gefallen, wenn ich denken müßte, daß ich überhaupt keine Wirkung auf dich habe.«

»Du bist gräßlich.« Sie verschränkte die Arme vor der Brust und starrte ihn empört an.

»Ich?« fragte er, und legte eine Hand auf seine Brust. »Nein, das bin ich nicht. Ich bin ein sehr netter Mensch, der dich zufällig zutiefst liebt.«

»Hör mit diesem Gerede auf!«

Eine ganze Weile schaute Andrew blinzelnd in den Himmel, und es schien, als ob Andrew ihre Anweisung befolgte. Als er sie dann wieder ansah, lächelte er noch immer.

»Tut mir leid«, sagte er. »Ich betrachte mich als einen kooperativen, leicht zu handhabenden Burschen, aber diesen Befehl kann ich nicht befolgen . . . ich meine, diese Bitte. Würde ich dir nicht sagen, daß ich dich liebe, würde ich meine Gefühle unterdrücken und wahrscheinlich platzen.«

Er zuckte die Schultern und machte mit der Hand eine kleine Bewegung, mit der er zu fragen schien: Was kann ich tun? »Das ist eine Tatsache, Madam. Du wirst dich daran gewöhnen müssen, es von mir zu hören. Oh, und fühl dich ganz frei – wann immer du den Drang dazu verspürst –, mir zu sagen, daß du mich auch liebst.«

»Das reicht.« Sie sprang auf. Boy folgte dem Beispiel seiner Herrin so schnell, daß er auf seine Nase fiel und aufjaulte. »Ich werde mich darüber nicht mit dir unterhalten, Sloan.«

»Was immer du befiehlst, Lawson.« Er erhob sich. »Wollen wir gehen?«

Sie starrte ihn noch einmal abschätzend an, dann schnappte sie sich ihr Gewehr, drehte sich um und marschierte los. Den restlichen Teil des Abstiegs vom Memory Mountain brachten sie in absolutem Schweigen hinter sich.

Als sie den flachen Landstreifen erreichten, der zum Haus führte, ging Andrew neben Memory her.

»Ich möchte dir versichern«, sagte er ernst, »daß ich

nichts, was mein Gefühl für dich betrifft, in Heathers Gegenwart erwähnen werde. Das hier ist nur etwas zwischen dir und mir, und es wäre nicht fair, Heather mit hineinzuziehen.«

Memory seufzte. »Durch deine Rückkehr hast du Heather schon mit hineingezogen. Jedesmal, wenn eine deiner Postkarten angekommen ist, hat sie mit ihrer Geschichte weitergemacht, daß sie dich zum Daddy will. Wenn sie aus der Schule kommt und dich sieht, wird sie zweifellos glauben, daß jetzt alles in ihrem Sinne geregelt ist.«

»Oh. Nun, ich möchte diese Idee nicht noch fördern.«

»Na toll«, bemerkte Memory trocken. »Wie kann ich dir nur jemals dafür danken?« Sie hielt kurz inne. »Wo, bitteschön, wirst du denn während deiner kleinen Stippvisite bei uns unterkommen?«

»Ich habe meine ganze Campingausrüstung dabei. Wirklich, Memory, ich bin nicht so aufdringlich, daß ich unangemeldet hereinschneie und dann erwarte, daß du mich hier unterbringst, als ob du ein Hotel betreiben würdest.«

»Das ist tröstlich.«

»Aber als ich Tina erzählt habe, daß ich vorhabe, draußen zu übernachten, hat sie geschimpft und gewütet, und ihr italienisches Temperament ist mit ihr durchgegangen. Sie wollte nichts davon hören, daß ich auf der Erde schlafen wollte. Und deshalb . . .« Er warf Memory einen Blick zu. ». . . bin ich wieder in dem Zimmer, das ich damals auch hatte. Deswegen mußt du nicht gleich an die Decke gehen, Memory, das wäre nur Streß für dich.«

»Und wie lange genau werden Sie uns mit Ihrer Anwesenheit beglücken, Mister Sloan?« fragte sie ohne die Spur eines Lächelns auf ihrem Gesicht.

Er zuckte die Schultern. »Solange, wie es dauert, Darling. Ich bin gekommen, um dir den Hof zu machen und um dich zu erobern.«

»Verdammt noch mal! Das ist absurd.«

»Daran, daß ich dich liebe, ist überhaupt nichts Absurdes.«

Sie blieb stehen und sah ihn an, das Gewehr hielt sie wieder im Arm.

»Andrew, das ist doch lächerlich«, sagte sie müde. »Nimm doch mal an, daß ich . . . daß wir . . . was nicht geschehen wird . . . aber stell es dir doch vor . . .«

»Daß du zugeben würdest, mich zu lieben?«

»Ich rede, also hörst du zu.«

»Jawohl, Madam.«

»Selbst wenn wir . . . zusammen wären, es würde nicht funktionieren. Du lebst in Santa Barbara und bist Teil eines Familienunternehmens und hast somit Verpflichtungen. Ich würde niemals diese Ranch und mein Leben hier aufgeben. Ich gehöre hierher, und ich habe die Absicht, hier zu bleiben. Hast du dir mal die Mühe gemacht, über diese Dinge nachzudenken?«

»Natürlich habe ich das. Ich bin kein Trottel, mußt du wissen. Ich habe mir alles zurechtgelegt.«

»Dann schieß mal los«, forderte sie ihn auf, während sie weiterging.

»Nein, ich werde nicht ›losschießen‹. Nicht jetzt. Du bist nicht gerade in entgegenkommender Stimmung. Wir werden diese ganzen grundlegenden Kleinigkeiten später besprechen.«

Zum Teufel, ich will sie jetzt besprechen, dachte Memory. Sie hatte genug natürliche Neugierde, um sich zu wünschen, jetzt zu hören, wie der ach so brillante Mister Sloan es fertigbringen wollte, eine absolut unmögliche Situation möglich zu machen.

Vergiß es, dachte sie im nächsten Moment. Dieses Thema weiterzuverfolgen, würde nur den Eindruck erwecken, daß sie in ihrem Entschluß schwankte, nicht zur Kenntnis zu nehmen, was sich zwischen ihnen abspielte.

Nein, er konnte seine grundlegenden Kleinigkeiten für sich behalten. Er hatte ihr seinen Plan quasi vor die Nase gehalten und damit – gerade außerhalb ihrer Reichweite – hin und her gewedelt. Und hatte eine Vielzahl unbeantworteter Fragen bei ihr aufgeworfen.

Aber Mister Selbstgefällig Sloan würde lange warten können – denn erst würde die Hölle zufrieren, ehe sie ihn nach diesen verdammten grundlegenden Kleinigkeiten fragen würde.

8

Um sieben Uhr dreißig an diesem Abend war Memory innerlich soweit, daß sie Andrew nicht mehr nur etwas auf die Nase geben wollte, sondern ihn am liebsten mit ihren bloßen Händen erwürgt hätte.

Er brachte sie regelrecht dazu, die Wände hochzugehen. Aber die Nerven zu verlieren, nur weil sie sich vorstellte, wie seine Hände sie berührten, klang sogar in ihren Ohren absolut lächerlich. Sie konnte Andrew wegen seines Verhaltens nicht zur Rede stellen – außer sie legte es darauf an, in eine Irrenanstalt verfrachtet zu werden.

Wie ein Vollidiot würde sie dastehen, wenn sie einen Wutausbruch bekäme, weil Andrew auf dem Sofa saß, und Heather – schon im Pyjama und dicht an ihn gekuschelt – eine Geschichte vorlas.

Auch würde man sie nicht für annähernd gesund halten, wenn sie sich dadurch irritiert zeigte, daß Andrew sich beim Abendessen wie ein perfekter Gentleman benommen und sie und Heather in eine anregende Unterhaltung verwickelt hatte.

Bei seinem Wiedersehen mit Heather hatte er sehr viel Feinfühligkeit bewiesen. Rücksichtsvoll hatte er ihre Frage überhört, ob er wiedergekommen wäre, damit er ihr Daddy werden könnte. Er sei zurückgekommen, um sich von Heather eine Umarmung abzuholen, hatte er verkündet, hatte sie dann hochgehoben und durch die Luft gewirbelt, bis das kleine Mädchen vor Entzücken gejauchzt hatte.

Memory räumte ein, daß er sie weder lüstern angestarrt noch irgendwelche sexuellen Anspielungen über Heathers Kopf hinweg geäußert hatte.

Nein, es würde schwierig für sie sein, diese ›Attacken‹ Andrews, die sie bis zur Weißglut gebracht und ihre Nerven bis zum Zerreißen strapaziert hatten, jemandem erklären zu sollen. Eigentlich hatte er überhaupt nichts falsch gemacht.

Außer, daß er hier war!

Und wie gegenwärtig er war. Seine bloße Anwesenheit schien den Raum mit Spannung zu erfüllen. Sie war sich jeder seiner Bewegungen bewußt, jedes Lächeln, das sein Gesicht erhellte, jedes Blickes, den er ihr zuwarf.

Seine unwiderstehliche Männlichkeit schien zu ihr zu strömen, in sie zu fließen, bis ihr ganzer Körper sich nach seiner Berührung sehnte. Leidenschaft flammte in ihr auf, das Verlangen in seiner ursprünglichen Form.

Sie liebte ihn.

Oh, wie sehr sie sich danach sehnte, sich in seine Arme zu werfen und ihm ihre Liebe zu gestehen, ihm zu sagen, daß sie ihre Ängste überwunden hatte und bereit, gewillt und fähig war, seine Liebe zu erwidern.

Aber Memory konnte es nicht, und ihre unsinnige Angst wurde von einer immer größer werdenden Traurigkeit begleitet. Eine kalte Faust, die durch das Leid der Vergangenheit entstanden war, hielt ihr Herz fest umklammert, und sie war unfähig, sich aus dieser Fessel zu befreien.

Ich muß stark sein, dachte Memory. Sie durfte Andrews Liebeserklärung nicht zuhören, durfte der magnetischen Anziehungskraft dieses Mannes nicht erliegen.

Sie würde ihm ihre wahren Gefühle nicht offenbaren, denn es würde sie absolut verletzbar machen. Ihr würde nichts mehr bleiben, mit dem sie sich schützen könnte, wenn sich herausstellen würde, daß sie ihr Herz wieder einmal dem falschen Mann geschenkt hatte.

»Ende«, sagte Andrew und klappte das Buch zu.

Memory zuckte hoch, als das unerwartete Geräusch sie abrupt aus ihren verworrenen Gedanken riß.

»Lies mir noch eine Geschichte vor«, sagte Heather. »Bitte, Andrew? Bitte, bitte.«

Memory erhob sich. »Heute abend gibt es keine Geschichte mehr, Heather. Es ist Schlafenszeit für dich, Sweetheart. Komm schon, kleine Schlafmütze, ich bringe dich ins Bett.«

Heather rutschte vom Sofa, drehte sich dann um und griff mit beiden Händen nach Andrews rechter Hand.

»Du auch, Andrew«, bestimmte sie. »Ich will, daß du mich auch mit ins Bett bringst.«

»Nun«, entgegnete er und sah dabei Memory an, »wir sollten besser deine Mom fragen, ob das in Ordnung ist.«

»Mommy?«

»Ja, natürlich«, sagte Memory. »Andrew kann dabei helfen, dich ins Bett zu bringen.«

In ihrem Zimmer, das mit rosa und weiß gepunkteten Tapeten dekoriert war, zog Heather an Andrews Hand und drängte ihn quer durch den Raum bis dorthin, wo eine Pinnwand hing.

»Siehst du, Andrew?« erklärte sie. »Hier sind all die Postkarten mit Mickey Mouse, die du mir geschickt hast. Ich hab' sie mit Nägeln festgesteckt. Ich will dir meine Mickey-Mouse-Karten jetzt zeigen. Ich habe sie alle ganz ordentlich angeheftet, weil . . .«

»Da versucht wohl jemand, Zeit zu schinden?« stellte Memory fest. Sie lächelte Heather an. »Ins Bett, mein Fräulein, und zwar so flink wie ein Hase. Andrew kennt diese Postkarten, weil er sie dir geschickt hat, erinnerst du dich vielleicht daran?«

Heather seufzte übertrieben. »Aber vielleicht hat er vergessen, wie sie aussehen, Mommy.«

Andrew lachte leise. »Mickey Mouse vergessen? Das wird nie passieren, Heather-Honigkind. Hüpf jetzt ins Bett.«

Nach einem Ausflug ins Badezimmer, noch einem weiteren, um einen Schluck Wasser zu trinken, lag Heather dann schließlich im Bett. Memory küßte sie, strich die Bettdecke glatt und küßte Heather noch einmal. Sie trat zurück, um Andrew ihren Platz zu überlassen.

»Gute Nacht, Heather-Honigkind«, sagte er und beugte sich zu ihr hinunter und gab ihr einen Kuß auf die Stirn. »Schlaf schön, und laß dich nicht von den Wanzen beißen.«

Heather kicherte, dann runzelte sie die Stirn.

»Wirst du nun mein Daddy?« fragte sie. »Ich hab' dich vorhin schon gefragt, aber du hast es mir nicht gesagt. Wirst du's? Wirst du mein Daddy?«

Da kannst du sicher sein, dachte Memory verträumt. Sie würden eine Familie sein, sie drei. Das Haus würde erfüllt sein vom Singen der Engel, denn alle würden so glücklich sein und . . . o Memory, reiß dich zusammen.

»Wir werden ein anderes Mal darüber reden«, sagte Andrew. »Du machst jetzt deine wunderschönen dunklen Augen zu und wirst schlafen. Vielleicht träumst du ja von Mickey Mouse.«

»Oh, das wäre ein Spaß.« Heather kniff ihre Augen fest zu. »Vielleicht träume ich dann auch von Minnie Mouse.«

»Na, siehst du«, sagte Andrew. »Gute Nacht.«

Eine Minute später betraten Memory und Andrew wieder den Wohnraum. Andrew ließ sich auf dem Sofa nieder und sah Memory zu, die die Bücher in das Regal zurückstellte und all das hin und her räumte, was ohnehin schon in Ordnung war.

»Du scheinst heute abend nervös zu sein, Memory.«

»Ich?« fragte sie schnell und mied seinen Blick. »Nein, nein, ganz und gar nicht. Mir geht's gut, sehr gut.«

»Bist du sicher?«

»O ja, ich bin mir sicher.«

»Nun, das ist gut. Ich möchte dich etwas fragen, und ich fände es gar nicht schön, wenn ich dir diese Frage stellen würde, und es dir nicht absolut gutginge.«

Sie wandte sich um und sah ihn an. »Frag schon«, sagte sie und wedelte mit ihrer Hand durch die Luft. »Was geht in deinem kleinen Hirn vor?«

Andrew sah sie lange an, schließlich fragte er: »Memory, willst du mich heiraten?«

Ihre Augen wurden groß, und der Mund klappte ihr auf. Sie starrte Andrew an, als hätte sie ihn noch nie zuvor in ihrem Leben gesehen.

Er lächelte. »Wie ein Goldfisch auszusehen, wenn man dir gerade einen solchen Vorschlag unterbreitet hat, ist wirklich nicht sehr romantisch.«

Sie klappte den Mund zu und sank auf den nächstbesten Stuhl, denn ihre zittrigen Beine weigerten sich, sie noch eine Sekunde länger zu tragen. Ihr Herz hämmerte wie wild.

»Ob ich . . .« begann sie, und ihre Stimme schwankte. »Das ist nicht komisch, Andrew.«

Sein Lächeln verschwand, und er beugte sich vor, stützte die Ellbogen dabei auf seine Knie.

»Ich habe nicht vor, komisch zu sein. Ich bin noch nie in meinem Leben ernster gewesen. Ich liebe dich, Memory, und ich möchte, daß wir den Rest unseres Lebens zusammen verbringen.«

»Das willst du nicht.«

Er preßte für eine Sekunde sein Kinn an seine Brust, dann sah er sie wieder an.

»Herrgott, Memory, es ist schwer, mit dir zurechtzukommen.«

»Du mußt ja nicht mit mir zurechtkommen«, schleuderte sie ihm entgegen. »Du mußt nur deine Sachen packen und nach Santa Barbara verschwinden.«

»Ist es das, was du möchtest?« Er stemmte seine Hände auf seine Oberschenkel und stand auf. »Willst du, daß ich fortgehe und dir verspreche, niemals mehr zurückzukommen?«

Er ging langsam, ganz langsam auf sie zu, sein Blick war unverwandt auf Memory gerichtet. Sie drückte sich in den Sessel, das wilde Hämmern ihres Herzens hallte ihr in den Ohren wider.

»Sag es, Memory. Sag mir, daß ich gehen soll.« Er kam immer näher. »Kannst du mir das ehrlich sagen? Kannst du mir in die Augen sehen, so wie du es jetzt tust, und sagen: ›Andrew Sloan, ich will dich nicht, ich begehre dich nicht, ich empfinde das alles nicht für dich, verschwinde also vom Schauplatz und laß dich nie wieder hier blicken‹?«

Er blieb vor ihr stehen und beugte sich hinunter, um die Lehnen des Sessels zu umklammern, hielt Memory so an ihrem Platz gefangen, schloß sie mit seinem Körper wie in einem Käfig ein.

»Kannst du das alles sagen, Memory?«

Sie drückte sich noch fester gegen den Sesselrücken, unfähig, ihren Blick von Andrews zu lösen. Sein großer, starker Körper beugte sich über sie, und die Hitze, die von ihm ausging, schien von ihm zu ihr zu fließen. Während sie ihn anstarrte, fühlte sie sich, als ob sie in den Tiefen seiner Augen ertrinken würde.

Ihn nicht wollen, ihn nicht begehren? Lieber Gott, sie

brannte vor Verlangen nach ihm, war *erfüllt* mit dem Feuer der Leidenschaft, das mit einem verrückt machenden Pochen tief in ihr pulsierte.

Nichts für ihn empfinden? Sie liebte ihn unwiderruflich. Ihm zu sagen, daß er gehen und niemals zurückkommen sollte? Oh, nein. Sich eine Zukunft ohne Andrew vorzustellen, erweckte in ihr Bilder von eisiger Kälte ohne eine Spur von warmem Sonnenschein, von langen einsamen Tagen und noch längeren Nächten.

Sie sehnte sich danach, ihre Hände auszustrecken und sein Gesicht damit zu umfangen, seinen Mund an ihren zu ziehen, ihn so leidenschaftlich zu küssen, daß die Flammen des Begehrens in ihnen auflodern würden.

Sie wollte sich Andrew hingeben und ihm ihre Liebe gestehen, es ihm und der ganzen Welt verkünden.

Aber kein Wort kam über ihre Lippen. Ihre Furcht war ein zu mächtige Gegenspieler, ihre Selbstzweifel eine zu bedrohliche Macht.

»Memory?«

»Andrew, bitte nicht. Bitte sag nichts.«

»Hör mir zu«, sagte er. »Ich liebe dich, und ich möchte dich heiraten. Ich werde der Vater sein, den Heather sich wünscht, und ich werde sie ebenso lieben wie die Kinder, die du und ich zusammen haben werden.«

Er richtete sich auf und trat einen Schritt zurück, gab ihr die Möglichkeit zu gehen. Sie rührte sich nicht.

»Mir ist klar«, fuhr er fort, »daß ich dir schrecklich viel auf einmal auflade. Das mag vielleicht ein Fehler sein, aber eigentlich denke ich das nicht. Was Männer betrifft, so hast du zu deinem eigenen Urteilsvermögen kein Vertrauen, und das Ergebnis davon ist, daß du deshalb *mir* nicht vertraust.«

Er fuhr sich mit der Hand durchs Haar. »Deshalb lege ich dir das alles dar. Ich spiele hier keine Spielchen,

Memory. Ich rede von unserem ganzen weiteren Leben, unserer ganzen Zukunft. Wenn du mir das glauben kannst, was ich gerade gesagt habe, wirst du endlich die Vergangenheit abgestreift haben. Und dann wirst du auch an dich glauben. Dann, und nur dann, können wir gemeinsam weitergehen.«

Er holte tief Luft.

»Ich werde auf dich warten, Memory«, sagte er mit rauher Stimme. »Ich sehe, daß du Angst hast. Aber ich werde für dich, für uns kämpfen. Ich werde dir immer und immer wieder sagen, wie sehr ich dich liebe. Ich werde dich immer und immer wieder bitten, mich zu heiraten. *Du bist mein Leben, Memory Lawson.*«

»Oh, Gott«, flüsterte sie und schlug die Hände vors Gesicht. Ein Schluchzen stieg in ihrer Kehle auf.

»Singen die Engel?« fragte er ruhig. »Oder sind die Engel traurig? Es hängt ganz von dir ab. Gute Nacht, Memory.« Er wandte sich ab und verließ das Zimmer.

Und Memory ließ ihren Tränen freien Lauf.

Der nächste Tag zog klar und warm herauf. Der Himmel war mit weißen duftigen Wolken übersät, und der süße Duft der Wildblumen vermischte sich mit den Gerüchen der Ranch. Es war ein einladender Tag, die Natur zeigte sich von ihrer besten Seite, was das Gefühl hervorrief, daß mit der Welt alles stimmte.

Bis auf eine Sache.

Andrew Sloan hatte seine erste Reitstunde.

»Zur Hölle«, fluchte er zum sechsten Mal. »Ich hab's schon wieder getan.«

Franco schüttelte den Kopf und lachte. Der lebhafte kleine Italiener hatte schon längst jeden Versuch aufgegeben, seine Erheiterung zu verbergen. Er ging zu dem

Pferd, auf dem Andrew thronte, hob die Zügel auf, die auf dem Boden schleiften, und reichte sie wieder hoch zu Andrew.

»Andrew«, sagte er, »denk an die Zügel wie an ein Lenkrad. Du kannst ein Lenkrad auch nicht alle zwei Minuten loslassen.«

»Ich weiß, ich weiß«, knurrte Andrew, »aber man muß an so vieles denken und dann plötzlich . . . Ich werde dir etwas verraten, Franco. Dieser Sattel ist nicht das, was ich als bequem bezeichnen würde. Mein Respekt vor John Wayne ist gerade um einige Punkte gestiegen.«

Franco wollte sich vor Lachen ausschütten.

»Du wirst gleich Publikum bekommen«, bemerkte Franco grinsend. »Memory und Heather verlassen gerade das Haus und sind auf dem Weg hierher.«

»Oh, verdammt!«

»Okay, weiter geht's«, ermunterte Franco ihn. »Du mußt ihn ein wenig mit den Fersen anstupsen. Aber nur ganz leicht.«

Andrew tat wie ihm geheißen, und das Pferd ging in gemächlichem Schritt vorwärts. Andrew umklammerte mit beiden Händen den Sattelknauf und schaffte es irgendwie, gleichzeitig die Zügel zu halten. Das Pferd trottete am inneren Zaun der Koppel entlang und nahm die Ecken von allein. Andrew ging es nur noch um das nackte Überleben.

»Hallo, Andrew«, rief Heather, als sie und Memory an der Weide angekommen waren. »Was machst du da?«

»Mich zu Tode fürchten«, rief er zurück. »Das ist ein sehr großes Pferd, Heather-Honigkind. Zwischen hier oben, wo ich sitze, und dem harten Boden da unten ist bestimmt eine Meile Abstand. Aber ich werde den Bogen schon rauskriegen . . . in zehn oder zwanzig Jahren. Andrew Sloan gibt nicht auf.«

Und außerdem spielt er nicht fair, dachte Memory. Er lernt das Reiten, weil Pferde ein Hauptteil ihrer Welt waren. Er hatte seinen Stolz außer acht gelassen, ging das Risiko ein, vor ihr, Heather und Franco wie ein Trottel dazustehen.

Oh, Andrew, ich liebe dich.

Memory hatte die letzte Nacht damit verbracht, unruhig vor sich hinzudösen, und war dann dadurch aufgewacht, daß sie Andrews Worte in ihren Gedanken widerhallen hörte.

Memory, willst du mich heiraten? Du bist mein Leben, Memory Lawson.

Was will ich denn mehr? fragte sie sich. Alles, *alles*, was Andrew ihr gesagt und versichert hatte, war ehrlich und aufrichtig gewesen.

Der Mann, den sie liebte, liebte sie.

Der Mann, den sie liebte, wollte den Rest seines Lebens mit ihr verbringen.

Der Mann, den sie liebte, hatte sie gebeten, ihn zu heiraten.

Es war wie im Märchen, aber . . .

Aber sie fürchtete sich noch immer.

Es war hoffungslos – alles. Sie liebte Andrew, aber ihr fehlte der Mut, es ihm zu sagen. Sie wollte ihn heiraten, aber das würde er niemals erfahren.

»Das reicht für heute«, sagte Andrew. »Mein . . .« Er schaute zu Heather hinüber. »Mein Hinterteil hat doch ziemlich gelitten.«

Franco hielt das Pferd, während Andrew auf wenig elegante Weise herunterrutschte.

»Oh, du lieber Himmel«, stöhnte er. »Wessen dumme Idee war das bloß?«

»Morgen um dieselbe Zeit, Andrew?« fragte Franco.

»Ja, ich werde hier sein. Ich bin entschlossen, besser zu

werden, weil ich bezweifle, daß irgend jemand es noch schlechter macht als ich.«

»Heather«, sagte Franco, »komm und hilf mir, mich um Sailor hier zu kümmern, danach setzen wir dich dann auf Ralph.«

»Ja, ja«, rief Heather und rannte los, um Franco beim Koppeltor zu treffen.

Andrew kletterte über den Zaun zu Memory.

»Madam«, sagte er, »Sie waren gerade Zeuge olympiaverdächtiger Reitkünste.«

»Oh, das war es also«, sagte sie lächelnd.

»Allerdings. Ich werde diese Sache mit dem Reitenlernen schon hinkriegen.«

Ihr Lächeln verschwand. »Warum?«

»Warum? Weil Pferde dir wichtig sind, und das macht sie auch wichtig für mich. Ich habe Stapel von Büchern über Pferde, Landwirtschaft und alles, was dazugehört, studiert, als ich darauf gewartet habe, daß mein Handgelenk heilte. Ich nehme das, was du hier machst, sehr ernst, Memory. Ich liebe dich, erinnerst du dich?«

»Aber was ist mit *deinem* Beruf?«

»Ich habe auch eine Menge darüber gelesen. Das fällt unter die grundlegenden Einzelheiten, die ich mit dir besprechen wollte. Ich denke, es ist der passende Moment, sie dir kundzutun. Bisher warst du zu nörglerisch.« Er beugte sich zu ihr, kniff seine Augen zusammen, als er ihren Gesichtsausdruck studierte. »Im Moment bist du nicht nörglerisch, oder?«

Sie lachte. »Nein.«

»Gut. Laß uns einen Spaziergang machen.«

Sie schlenderten von der Weide weg. Ihr Ziel, erkannte Memory wenige Minuten später, war die offene Ebene flachen Graslandes zwischen der Ranch und dem

Memory Mountain. Als sie die Mitte der Fläche erreicht hatten, blieb Andrew stehen.

»Okay, also los«, sagte er und wandte ihr sein Gesicht zu. »Ich habe mich in diesen Wochen über mehr als nur über Pferde informiert. Ich möchte reiten lernen, damit wir das gemeinsam tun können. Ich möchte auch etwas über die Pferdezucht lernen, weil du dich damit beschäftigst. Ich werde jedoch nicht versuchen, dir vorzuschreiben, wie du deine Geschäfte führen sollst.«

»Erzähl weiter«, sagte sie.

»Du hast mich gefragt, was aus meinem Beruf werden soll. Nun, wenn du einverstanden bist, kann ich ihn hier ausüben. Ich weiß, daß du nie von dieser Ranch fortgehen würdest, also werde ich mein Spezialgebiet in dein Revier verlegen.« Er machte eine ausholende Handbewegung.

Erwartungsvoll schaute sie ihn an, schwieg aber.

»Dieser Landstreifen hier ist ideal«, fuhr er fort. »Ich habe es gründlich nachgeprüft, habe mit Experten gesprochen, und es wird funktionieren. Es kann hier gemacht werden.«

»Was kann hier gemacht werden?«

»Pecanobäume, Memory«, sagte er, und seine Augen funkelten. »Du züchtest deine Pferde, und ich werde die besten Pekannüsse des Westens anbauen. Das ist diese Kleinigkeit, die Möglichkeit, wie wir unsere Lebensbereiche harmonisch in Einklang bringen können.«

»Pekannüsse«, wiederholte sie nachdenklich. »Du hast recht, sie werden in diesem Gebiet angebaut. Ich habe nie darüber nachgedacht, weil ich soviel anderes zu tun habe, aber ungefähr zehn Meilen von hier lebt ein Farmer, der sie anbaut. Du hast dich wirklich über all das informiert?«

Er nickte und ergriff ihre Hände. Seine Stimme klang

dunkel, als er wieder sprach, und auf seinem Gesicht lag ein zärtlicher Ausdruck.

»Verstehst du es nicht, Memory? Uns steht überhaupt nichts im Wege, außer deinen Ängsten.« Er neigte den Kopf und streifte ihren Mund mit seinen Lippen. Sie erschauerte unter dieser federleichten Zärtlichkeit. »Nichts.«

Sie blinzelte, räusperte sich und trat einen Schritt zurück. »Warte«, sagte sie. »Ja, Pekannüsse würden auf diesem Land gedeihen. Aber, Andrew, es gibt doch mehr zu bedenken als nur das.«

»Und das wäre?«

»Das Leben auf dieser Ranch. Du kommst aus der Stadt, du bist daran gewöhnt, all die Dinge um dich zu haben, die das Großstadtleben bietet. Es ist sehr einsam hier, Andrew. Es gibt keine Kinos, Einkaufspassagen, Sportveranstaltungen. Du kannst wirklich nicht sagen, ob du hier zufrieden sein würdest.«

Er runzelte die Stirn. »Natürlich würde ich das sein. Herrgott, Memory, *du* würdest hier sein. Du bist die Frau, die ich liebe, die eine, mit der ich den Rest meines Lebens verbringen möchte. Glaubst du denn wirklich, daß Santa Barbara noch igendeinen Reiz für mich hätte, wenn ich mir vorstellte, dort ohne dich zu sein? Zur Hölle, nein, das hätte es nicht. Ich möchte mit dir und Heather zusammensein.«

»Jetzt«, sagte sie und hob ihre Hände. »Das ist das, was du jetzt möchtest, zu diesem Zeitpunkt.« Sie schüttelte den Kopf. »Aber wie lange wirst du das so empfinden? Was passiert, wenn du ruhelos wirst, gelangweilt, wenn du zornig wirst, weil du an all das denkst, was du aufgegeben hast, um hier sein zu können? Sag es mir, Andrew, was wird dann mit uns geschehen?«

Er stemmte seine Hände in die Hüften, starrte einen Moment lang in den Himmel und versuchte, seine aufsteigende Wut unter Kontrolle zu halten. Er blies die Luft aus seinen Wangen und atmete dann tief ein, ehe er Memory wieder ansah.

»Warum tust du das?« Seine Stimme klang scharf, trotz seiner Bemühungen, seinen Ärger zu unterdrücken. »Du bringst dich fast um, damit du etwas Negatives an meinem Plan findest, und beschwörst Probleme herauf, die wir überhaupt nicht haben.«

»Nein, das tue ich nicht«, widersprach sie mit erhobener Stimme. »Ich versuche, realistisch zu sein, Andrew. Ich kann nicht einfach eine rosarote Brille aufsetzen und nicht weiter schauen, als bis dahin, daß du deine Nußbäume pflanzt, während ich mich mit meinen Pferden beschäftige.«

»Warum denn nicht, verdammt noch mal? Es ist doch eine Lösung, und zwar eine verdammt gute, wie wir beide hier zusammen arbeiten können. Warum kannst du dem nicht zustimmen?«

»Vertrauen in mein eigenes Urteilsvermögen haben? Eine bewußte Entscheidung treffen, die Vorsicht in den Wind zu schreiben, einfach so nach Gefühl und Laune, nicht näher auf das Ganze sehen, auf die fernere Zukunft? Du lieber Gott, Andrew, das würde so töricht von mir sein.«

Sie blinzelte die aufsteigenden Tränen fort, und redete sich ein, daß sie absolut und ganz sicher *nicht* weinen würde.

»Und wenn alles auseinander bricht?« fuhr sie fort. »Ich werde nur mir die Schuld daran geben . . . wieder einmal. Ich werde allein sein und einsam. Ich werde der Tatsache ins Auge sehen müssen, daß ich wieder einmal den falschen Mann geliebt habe, ihm mein Herz geschenkt habe . . .« Sie schüttelte den Kopf, als die Tränen ihre Worte erstickten.

Andrew starrte sie an, dann stahl sich langsam ein Lächeln auf seine Lippen, schließlich grinste er von einem Ohr zum anderen.

Memory verschränkte die Arme und reckte ihr Kinn empor. »Mister Sloan, ich finde diese Unterhaltung absolut nicht komisch.«

»Ich lache nicht, weil etwas komisch ist. Das ist reine, unverdorbene Freude, deren Zeuge Sie sind, Mrs. Lawson.«

Sie kniff die Augen zusammen. »Du bist verrückt.«

»Nein. Ich bin verliebt und . . .« Er stieß mit seiner Faust in die Luft. »Gut!« brüllte er.

Erschreckt von seinem unerwarteten Ausbruch ging Memory einen Schritt zurück. Sofort kam er ihr hinterher und packte sie bei den Schultern.

»Du hast deinen eigenen Worten nicht zugehört, Memory«, sagte er. »Aber ich habe es getan. O ja, ich habe genau gehört, was du gesagt hast.«

»Was . . .«

»Du hast gesagt«, unterbrach er sie, »daß du mich liebst, daß du mir dein Herz geschenkt hast.«

»Ich habe nichts davon gesagt, daß . . .« Sie hielt abrupt inne, und sie starrte ihn an. »Oh. Ja, das habe ich getan.«

Seine Hände glitten von ihren Schultern zu ihrem Gesicht. »Ja . . .« Sein Mund berührte ihre Lippen. ». . . das hast du . . .« Er gab ihr einen Kuß auf die Nasenspitze. ». . . getan.«

Mit seinem Mund verschloß er ihre Lippen und küßte sie. Er nahm die Hände von ihrem Gesicht und legte seine Arme um Memory, zog sie zu sich heran, preßte sie an sich.

Aus eigenem Entschluß, so schien es, flogen Memorys Arme nach oben und legten sich um Andrews Nacken, und ihre Finger versanken in seinem dichten, seidenweichen Haar. Sie schloß die Augen, und alle vernünftigen Gedanken entflohen, als sie Andrews Duft wahrnahm und ihn genoß.

Ihre Brüste wurden gegen die harten Muskeln seines Brustkorbs gedrückt, was ihr einen süßen Schmerz verursachte. Er rief Bilder von Andrews Händen und seinen Lippen hervor, die das zarte Fleisch liebkosten. Sein Verlangen war stark und mächtig. Als sie sich an ihn preßte, entrang sich seiner Kehle ein begehrendes Aufstöhnen des Verlangens.

Hitze durchströmte ihren Leib, pulsierte in jeder Faser ihres Körpers, als sie seinen Kuß erwiderte.

Memory liebt mich, dachte Andrew verschwommen. Sie liebte ihn, hatte ihm ihr Herz geschenkt. Der Sieg, den er in dieser Schlacht um ihre Liebe hatte erringen wollen, war unfaßbar nah.

Doch er wußte, daß Memory immer noch kämpfen würde, ihre Ängste verliehen ihr Kraft. Sie schien es darauf angelegt zu haben, die Pläne zu unterhöhlen, die er für ihre Zukunft geschmiedet hatte, bemühte sich hartnäckig, Fehler in seiner Lösung, wie sie ihre beiden Welten verknüpfen konnten, zu finden. Aber er war ebenfalls fest entschlossen. *Nichts* würde das zerstören, was ihn und Memory verband. Er liebte sie über alle Maßen, es bedurfte mehr als Worte, die Tiefe dieser Liebe je beschreiben zu können. Und Memory liebte *ihn*. Die ganze Welt würde ihnen gehören. Auf ewig.

Er hob für den Bruchteil eines Zentimeters seinen Kopf und flüsterte an ihren Lippen.

»Ich liebe dich«, sagte er mit vor Leidenschaft heiserer Stimme, »und du liebst mich. Das ist es, wer wir sind, was wir zusammen haben, die Grundlage, auf der wir unsere Zukunft aufbauen werden. Wir sind unschlagbar, Memory. Nichts kann uns besiegen. Nichts.« Er streifte ihre Lippen mit seinem Mund. »Bitte, sag es, Memory. Sag mir, daß du mich liebst.«

»Ich liebe dich, Andrew Sloan«, sagte sie verträumt, die Augen halb geschlossen. »Ich liebe dich.«

Aufstöhnend legte er sie auf den weichen Teppich aus weichem Gras, und als er sie küßte, bedeckte er sie mit seinem Körper.

Memory schwebte in einem sinnlichen Rausch dahin, nahm nur ihre Sinnlichkeit und jeden Zentimeter von Andrews Körper wahr. In ihr loderte ein Feuer, sie brannte vor Verlangen danach, daß er Besitz von ihr ergriff, sich in ihr verlor und sie beide hinauftrug an ihren himmlischen Ort der bedingungslosen Hingabe.

Ja, sie liebte ihn, und nun wußte er es. Und ja, sie begehrte ihn, und auch das wußte er jetzt. Nichts könne sie besiegen, hatte er gesagt. Die Zukunft gehörte ihnen. Hier auf diesem Land würden seine Bäume wachsen und . . .

Ein Frösteln durchströmte sie, ließ sie erschaudern und vertrieb den heißen Schleier der Sinnlichkeit.

Seine Bäume werden hier wachsen, wiederholte sie im Geiste, und wachsen würden auch seine Ruhelosigkeit und seine Langeweile auf der einsamen Ranch. Wenn Andrew blieb, würde sie ihre Tage damit verbringen, ihn zu beobachten und auf Anzeichen seiner Unzufriedenheit zu warten.

Sie würde in Furcht leben – in der Furcht, daß er fortgehen könnte, in der Furcht, dann wieder der Tatsache gegenüberzustehen, den falschen Mann für ihre Liebe erwählt zu haben, in der Furcht, daß sie –

wenn sie beginnen würde zu weinen – niemals mehr damit würde aufhören können.

Nein!

Sie stemmte sich gegen Andrews Schultern und zwang ihn zurück, als sie ihren Mund dem seinen entzog.

»Nein«, rief sie.

»Ich will dich«, flüsterte er heiser. »Und du willst mich auch. Wir werden uns hier lieben, an diesem Platz, an unserem Platz. Hier werde ich meine Bäume pflanzen. Dieses Land wird unsere beiden Welten miteinander verbinden, wenn wir verheiratet sind. Laß mich dich lieben, Memory, hier.«

»Nein«, sagte sie und stieß ihn zurück. »Laß mich los, Andrew. Laß mich allein.«

Andrew runzelte die Stirn. Sie sah Zorn in seinem Gesicht aufflackern, dem dann Schmerz folgte, der sich in seinen Augen festsetzte. Er ließ sie los, und sie sprang auf, betete, daß ihre zittrigen Beine sie tragen würden. Auch Andrew hatte sich erhoben und stand jetzt vor ihr.

Memory vermied es, seinem Blick zu begegnen, dem Schmerz und der Verwirrung in seinen Augen, weil sie wußte, daß sie all das ausgelöst hatte. Sie schlang die Arme um sich, so als ob sie sich selbst Halt geben wollte. Blicklos starrte sie auf Andrews Brust.

»Ich liebe dich, Andrew«, sagte sie. »Ich kann das nicht leugnen. Aber es bedeutet nichts, denn ich werde es nicht zulassen. Ich werde dich nicht heiraten, Andrew, und ich werde auch nicht über eine gemeinsame Zukunft reden oder davon träumen. Ich kann es nicht.«

Er packte sie bei den Schultern und schüttelte sie ein wenig. »Tu das nicht. Gib deinen Ängsten nicht nach, Memory. Vergiß die Vergangenheit, glaube mir, vertrau mir. Lieber Gott, Memory, wirf uns nicht weg. Wir beide haben zusammen eine Zukunft, bis daß der Tod uns scheidet. Siehst du das denn nicht? Tu uns das nicht an. Memory, bitte, laß deine Gespenster ruhen. Heirate mich. Sag es, sag es mir jetzt, daß du meine Frau sein wirst, die Mutter meiner Kinder.«

Sie entwand sich seinem Griff. »Nein.« Sie machte einen, zwei Schritte zurück. »Nein! Ich will, daß du mich allein läßt. Ich kann nicht. Ich . . . ich kann es einfach nicht. Andrew, bitte . . . laß mich einfach nur allein.«

Sie wandte sich ab und rannte davon, stolpernd, blind vor Tränen, die ihre Augen füllten.

In einer hilflosen Geste streckte Andrew die Hand nach ihr aus – ein vergeblicher Versuch, sie zu halten. Schwer fiel sein Arm zurück. Er holte zitternd Atem und starrte hinauf zum Himmel, während er sich bemühte, seine aufgewühlten Gefühle unter Kontrolle zu bringen.

Doch er konnte das strahlende Blau des Himmels nicht sehen, denn in seinen Augen standen Tränen.

9

Memory kam es vor, als brauche sie eine Ewigkeit, um die Wiese zu überqueren und zu der Koppel zu gelangen, die am weitesten vom Stall entfernt war.

Sie lehnte sich mit dem Rücken gegen den Holzzaun, rang nach Luft und versuchte verzweifelt, die Tränen aufzuhalten, die ihr über das Gesicht liefen. In einer trostsuchenden Geste schlang sie die Arme um sich und hielt ihre Ellbogen umklammert. Sie schloß die Augen.

Oh, Andrew, es tut mir leid. So unendlich leid. Sie hatte ihm weh getan, hatte das Leid in seinen wunderschönen Augen gesehen. Sie hatte es gesehen, und sie würde es niemals vergessen.

Einen Toast auf die Angst, dachte sie kläglich. Auf diesen mächtigen Feind, der sich geweigert hatte, sie aus seiner kalten Umklammerung ihrer Seele freizugeben. Der sie mit eisenharter Faust festhielt und nicht gewillt war, sie aus den dunklen Schatten der Vergangenheit zu entlassen, damit sie in das helle Licht einer Zukunft mit Andrew gehen könnte.

Sie schüttelte den Kopf, als noch mehr Tränen einen Schmerz in ihrer Kehle hervorriefen. Mit zitternden Händen wischte sie sich über ihre bleichen Wangen, entschlossen, mit diesem sinnlosen Weinen aufzuhören, das nichts mehr ändern konnte.

Sie wandte sich um, legte ihre Arme auf das Gatter und stützte ihr Kinn darauf. Tief Luft holend, atmete sie die vertrauten Gerüche der Ranch ein.

Aber irgend etwas fehlte . . . der unverwechselbare und besondere Duft Andrews.

Sie lauschte, hörte dem Chor der Natur zu, dem

Wiehern der Pferde und dem entfernten hellklingenden Lachen ihrer Tochter.

Aber etwas fehlte . . . der volle Klang von Andrews Stimme und der seines Lachens.

Sie hob den Kopf und ließ ihren tränenblinden Blick umherschweifen, über das Land, die Gebäude und die Tiere, die nur einen Teil dessen ausmachten, was ihre geliebte Ranch ihr bedeutete.

Aber etwas fehlte . . . der Anblick des herrlich männlichen Andrew Sloan, des Mannes, den sie liebte.

Der Mann, den sie verloren hatte.

Mit einem erschöpften, traurigen Seufzer verließ sie die Koppel und ging auf das Haus zu. Sie beschloß, zur Vordertür hereinzugehen, ehe Heather sie entdeckte und sie zu sich rief, um ihrem Ritt auf Ralph zuzusehen.

Sie konnte jetzt niemandem gegenübertreten; sie würde sich in ein weinendes Häufchen Unglück verwandeln, wenn jemand sie auch nur ansprechen würde. Um am schlimmsten war die Erkenntnis, daß sie weder sich selbst in die Augen schauen noch sich vor sich selbst rechtfertigen oder sich selbst vergeben konnte.

Sie war ein Feigling, nicht mutig genug, sich aus den Fängen der Vergangenheit zu befreien. Niemandem als sich selbst mußte sie die Schuld dafür geben, zu einer trostlosen und einsamen Zukunft ohne Andrew verurteilt zu sein.

Am Haus angekommen, öffnete Memory vorsichtig die Eingangstür. Sie wollte nicht, daß Tina auf die Tatsache aufmerksam wurde, daß Memory das Haus betreten hatte. Sie schloß die Tür hinter sich und ging auf Zehenspitzen auf den Korridor zu, der zu ihrem Schlafzimmer führte. Als sie um die Ecke bog, stieß sie mit Tina zusammen, die einen hellrosafarbenen Staubwedel schwenkte.

»Oh!« sagte Memory. »Entschuldige. Ich habe dich nicht gesehen. Es tut mir wirklich leid.«

»Ja«, entgegnete Tina und runzelte die Stirn, als sie Memory anschaute, »ich kann mir vorstellen, daß es schwierig ist, klar zu sehen, wenn die Augen vom Weinen verquollen sind.«

»Weinen?« Memory bemühte sich um einen unschuldigen Gesichtsausdruck, der ihr aber nicht gelingen wollte. »Wer weint denn? *Ich* weine ganz bestimmt nicht. Ein wunderschöner Tag, nein, ich bin . . . ich bin niemals glücklicher gewesen.«

Memory hatte dies kaum ausgesprochen, als sie in Tränen ausbrach.

Tina zeigte mit dem Staubwedel den Korridor entlang. »In dein Zimmer, Memory Lawson. Und zwar sofort.«

Memory tat, wie ihr befohlen worden war, und schluchzte während des ganzen Weges. In ihrem Zimmer sank sie auf ihr Bett. Tina warf ihr eine Schachtel mit Papiertaschentüchern in den Schoß und setzte sich dann neben sie. Memory zerrte ein Tuch aus der Schachtel und preßte es an ihre Nase.

»Ich weine«, sagte sie und bekam einen Schluckauf.

Tina nickte. »Und zwar ziemlich heftig. Also, was ist zwischen dir und Andrew falsch gelaufen?«

»Ich erinnere mich nicht, seinen Namen erwähnt zu haben«, erwiderte Memory und reckte trotzig ihr Kinn.

»Mein liebes Kind«, sagte Tina sanft, »Tränen wie diese weint man nicht, weil man sich den Zeh gestoßen hat. Diese Tränen kommen aus dem Herzen, und dein Herz besitzt Andrew Sloan. Nun komm, erzähl deiner Tina alles.«

»Ich liebe ihn«, sagte Memory, und es klang klagend.

»Ja, das weiß ich. Weiter.«

»Und ich . . . ich . . . ich habe ihn verloren, weil ich

zuviel Angst davor habe, ihn zu lieben. Ich habe gegen diese Ängste angekämpft, aber ich kann . . . kann einfach nicht . . .« Sie hörte auf zu sprechen, als die Tränen ihre Worte erstickten. Sie preßte das Taschentuch an ihre Nase.

»O Memory, Memory«, sagte Tina und tätschelte ihr das Knie. »Wie kannst du zulassen, daß das, was vor mehr als fünf Jahren geschehen ist, deine ganze Zukunft bestimmt? Andrew liebt dich, und er liebt Heather.«

»Ich weiß, aber ich hab' solche Angst, Tina. Andrew will mich heiraten und hier leben, damit ich auf der Ranch bleiben kann. Er hat die Absicht, auf der Ebene unterhalb vom Memory Mountain Pecanobäume zu pflanzen. Er ist bereit, alles in Santa Barbara für mich aufzugeben.«

»Andrew liebt dich«, wiederholte Tina ernst. »Er kommt in die Welt der Frau, die er liebt.«

»Aber für wie lange? Er wird sich langweilen, wird unzufrieden sein. Er wird Gründe finden, mich zu verlassen. Er wird es tun, Tina. Ich kann das nicht zulassen, ich kann es einfach nicht. Nicht nur mein Herz würde brechen, sondern auch das von Heather. Es ist zu riskant.«

»Schön«, sagte Tina und stand auf. »Dann schick Andrew fort, sag ihm, daß er gehen soll.« Sie durchquerte das Zimmer, an der Tür blieb sie stehen und wandte sich um. »Aber eines sollst du wissen, Memory Lawson. Wegen deiner Ängste wirst du dich selbst, dein Kind, jeden von uns dazu verurteilt haben, in einem Haus zu leben, in dem die Engel nicht singen.«

Memory ließ den Kopf hängen. »Ich kann es nicht ändern, Tina«, murmelte sie.

Tina sah sie lange an, und als sie wieder sprach, war ihre Stimme weich und sanft.

»Du kannst es nicht? Suche tief in deinem Herzen nach deinem Mut, Memory. Die Schlacht ist erst dann vorüber, wenn du es sagst.«

Nachdem Tina gegangen war, blieb Memory auf dem Bett sitzen. Sie hatte nicht mehr die Kraft, sich zu bewegen. Sie verlor jedes Zeitgefühl, als sie allein in dem stillen Zimmer saß, verloren in ihren quälenden Gedanken.

Nachdem er während der letzten halben Stunde kreuz und quer durch den Raum gewandert war und geredet hatte, blieb Andrew vor Rick Sanchez stehen, der hinter einem wackligen Holzschreibtisch saß.

»Das wär's«, sagte Andrew und strich sich mit einer Hand durchs Haar, »die ganze grausame Geschichte.« Er schüttelte den Kopf. »Ich sage Ihnen, Rick, ich habe im siebten Himmel geschwebt, als Memory mir gestanden hat, daß sie mich liebt, und dann – wums! – haut sie mir die Beine weg. Ich habe alles getan, was mir nur einfiel, um sie zu überzeugen, daß es mit uns ernst ist, daß wir es zusammen schaffen, daß uns die Welt gehören wird. Ich habe hart gekämpft, habe alles gegeben, was ich hatte, aber zur Hölle, ich habe verloren.«

Die Falten, die sich auf Ricks Stirn gebildet hatten, vertieften sich.

»Wenn sie gesagt hat, daß sie Sie liebt«, meinte Rick, »dann liebt sie Sie auch.«

»Oh, ich bezweifle nicht, daß sie das tut«, erwiderte Andrew und hielt beide Hände hoch. »Aber ihre Ängste sind größer, stärker als diese Liebe. Für mich ist das Spiel gelaufen, man hat mich vom Platz gestellt. Es gibt nichts, was ich noch tun oder sagen könnte, Rick.«

»Hören Sie, ich . . .«

»Herrgott noch mal«, fuhr Andrew weiter fort und starrte einen Moment lang an die Decke, »ich bin fix und fertig.« Wieder sah er Rick an. »Noch nie zuvor in meinem Leben bin ich so frustriert gewesen, habe mich so wütend und so traurig gefühlt . . . zur Hölle, bin ich unglücklich.«

Rick schlug hart mit der Hand auf seinen Schreibtisch und sprang gleichzeitig auf. Andrew zuckte vor Schreck zusammen.

»Dann, verdammt noch mal, unternehmen Sie doch etwas dagegen«, brüllte Rick.

»Was denn, Sie Genie?« schrie Andrew zurück.

Rick öffnete den Mund, um ihm eine Antwort entgegenzuschleudern, dann schloß er ihn wieder.

»Ach zum Teufel«, sagte er und zuckte die Schultern, »ich weiß es nicht.«

Andrew verkroch sich im Sessel vor dem Schreibtisch. Rick sank zurück auf seinen Stuhl. Beide runzelten die Stirn und starrten Löcher in die Luft. Über dem Raum lag ein bedrückendes, düsteres Schweigen.

Am nächsten Morgen ritt Memory auf Sugar Shoes über die Ranch und genoß es, den Wind auf ihrem Gesicht zu spüren. Sie und das Pferd bewegten sich voller Harmonie, fast wie eine Einheit.

Die Nacht war endlos lang gewesen. Memory hatte sich hin und her gewälzt, während sich vor ihrem geistigen Auge wieder und wieder diese letzte Auseinandersetzung mit Andrew abgespielt hatte. Seitdem hatte sie ihn nicht mehr gesehen; er hatte von Rick aus angerufen und Tina wissen lassen, daß er zum Abendessen nicht auf der Ranch sein würde.

Lange nach Mitternacht hatte Memory ihn dann

kommen hören, und sie hatte sich danach gesehnt, sich in seine Umarmung zu stürzen, ihn bis zur Besinnungslosigkeit zu küssen, ihn zu ihrem Bett zu zu ziehen und sich in den verbleibenden Stunden der Nacht einem beglückenden Liebesspiel hinzugeben.

Aber sie war regungslos liegengeblieben. Und als sie gehört hatte, wie er die Schlafzimmertür hinter sich geschlossen hatte, waren ihr wieder die Tränen in die Augen gestiegen.

Die Engel singen, die Engel sind traurig, dachte Memory, als Sugar vorwärtsstürmte, mit dem Wind um die Wette lief. Andrew und Tina hatten die Verantwortung für die Engel in Memorys Hände gelegt. Einzig sie allein hielt die Zukunft so vieler Menschen in ihren Händen.

Als die Grasebene unterhalb des Memory Mountain vor ihr auftauchte, ließ sie Sugar Shoes im Schritt gehen. In der Mitte der Ebene zog sie an den Zügeln, um das Pferd anzuhalten.

Wieder sah sie die herzzerreißende Szene mit Andrew vor sich, die sich hier abgespielt hatte. Und wieder fühlte sie Tränen in ihrer Kehle brennen.

Sie ließ ihren Blick über das Land schweifen, stellte sich dabei die Reihen von Pecanobäumen vor, und wie sie unter Andrews Fürsorge und Fachkenntnis gediehen. Dieses Stück Land in eine Goldgrube zu verwandeln wäre eine unwiderstehliche Herausforderung, eine, der Andrew mit seiner ganzen Kraft begegnen würde.

Was immer Andrew auch tat, er setzte sich voll dafür ein. Bei Andrew Sloan gab es keine Halbheiten, ob es seine Arbeit oder sein Privatleben betraf.

Memory richtete sich im Sattel kerzengerade auf, veranlaßte Sugar Shoes, unter ihr reglos zu verharren.

»Auch wenn er liebt?« flüsterte sie.

Ja, dachte sie. Auch wenn er liebt.

Ihr Herz schlug so rasend schnell, wie sich ihre Gedanken überschlugen, und Memory hätte fast vergessen zu atmen, als das Chaos in ihrem Kopf sich zu lichten und zu ordnen begann.

»Lieber Himmel«, sagte sie schließlich laut, »was habe ich getan? O Gott, Andrew, was habe ich getan?«

Mit einem Ruck der Zügel setzte sie Sugar Shoes in Bewegung, das kraftvolle Pferd stürmte vorwärts und trug Memory in Windeseile zurück nach Hause.

Als Memory auf die Rückseite des Hauses zuging, entdeckte sie in der Entfernung Heather und Tina. Wie sie es vorgehabt hatten, waren die beiden dabei, im Garten Samen in die frisch umgegrabene Erde zu legen.

Nachdem sie die Küche betreten hatte, blieb Memory stehen, versuchte irgend etwas zu hören, was darauf hinweisen könnte, daß Andrew sich im Haus aufhielt. Nur Stille umfing sie.

Sie schloß die Augen und atmete tief durch. Dann, mit durchgedrückten Schultern und erhobenem Kinn, machte sie sich auf die Suche nach ihm.

An der offenen Tür seines Schlafzimmers blieb sie stehen, und ihr Herz hämmerte schmerzhaft, als sie sah, was er tat. Andrew packte seine Sachen in seinen Seesack.

Nein! schrie sie stumm auf. Sie mußte mit ihm reden, sie mußte ihm sagen . . .

»Andrew?«

Er richtete sich auf, wandte sich aber nicht um. Nach einem Augenblick völliger Reglosigkeit, packte er weiter.

»Ja?« fragte er ruhig.

»Du gehst fort?«

»Ja.«

Nein! »Andrew, ich würde gern mit dir reden.«

»Schieß los.« Er stopfte ein Hemd in den Sack.

Memory ging ins Zimmer, ihre Beine waren zittrig wie Wackelpeter.

Was sie in den nächsten Minuten sagen würde, das wußte sie, würde über ihre ganze Zukunft entscheiden. Sie würde bald wissen, ob sie dazu verdammt sein würde, allein und einsam zu sein oder ob dieses Haus ein Zuhause sein würde, das von den Stimmen singender Engel erfüllt sein würde.

Einen Meter vor Andrew entfernt blieb sie stehen und schlang die Hände um ihre Ellbogen.

»Andrew, ich liebe dich.«

Er nickte. »Ich weiß.« Ein Paar Tennisschuhe wanderten in den Seesack.

»Ich . . . ich bin heute morgen mit Sugar Shoes ausgeritten und bin an der Ebene gewesen – dort wo du vorhast, die Bäume anzupflanzen.«

»Vorhatte. Vergangenheit.«

»Andrew, ich . . . Würdest du, bitte, mit dem Packen aufhören und mir zuhören?«

Er seufzte, der müde Klang schien ihm direkt aus der Seele zu kommen. Als er sich aufrichtete und sich umwandte, konnte sie die Müdigkeit auf seinem Gesicht sehen.

»Dir zuhören?« wiederholte er mit tonloser Stimme. »Nein, ich möchte das alles wirklich nicht noch einmal hören, Memory. Was willst du? Ich liebe dich, und du liebst mich – aber das ist nicht genug. Mit all dem Raum und all der Macht, die du deinen Ängsten zugestehst, würde nichts genug sein.«

»Andrew, bitte, laß mich ausreden.«

Er verschränkte die Arme vor der Brust. »Also los.«

Sie seufzte tief und zwang sich dann, seinen Blick zu erwidern. »Ich bin schrecklich durcheinander und ängstlich gewesen, Andrew«, begann sie. Ihre Stimme wurde fester mit jedem Wort, das sie aussprach. »Aber als ich dort mit Sugar Shoes auf der Wiese war, haben die Dinge angefangen, sich zu verändern.«

Er schwieg; seine Miene war ausdruckslos.

»Ich habe erkannt, daß meine Urteilsfähigkeit, was geliebt werden und selbst lieben betrifft, nicht ausreichend gewesen ist. Er beruhte auf den Erfahrungen, die ich gemacht hatte, als ich meine Eltern verloren habe, und später auf meiner Beziehung zu Jack.« Sie hielt nur inne, um Luft zu holen.

»Meine Mutter und mein Vater waren hier, plötzlich waren sie fort. Ich war mit Jack zusammen, aber in dem Moment, als ich ihn mit einem Problem konfrontierte, war alles vorbei, und ich war wieder allein. Wenn ihm irgend etwas nicht paßte, ging er dem aus dem Weg, entweder dadurch, daß er es ignorierte, oder dadurch, daß er wegging.«

»Ich bin nicht wie dieser Mann«, sagte Andrew.

»Ich weiß das, aber ein Teil von mir, der Teil, der voller Angst ist, hat Lieben mit Verlieren gleichgesetzt, damit, zutiefst verletzt zu werden. Ich habe daran festgehalten, Hindernisse auf unserem Weg zu sehen, die dich veranlassen würden, mich zu verlassen. Das war falsch. Ich weiß das jetzt, weil ich dir von meinen geheimsten Gefühlen über den Tod meiner Eltern erzählt habe. Ich habe ihnen endlich ein liebevolles Auf Wiedersehen sagen können. Das ist etwas, was ich schon Jahre eher hätte tun sollen.« Sie atmete wieder tief durch.

»Aber was dich und mich anging, fürchtete ich mich davor, das Risiko einzugehen, dich zu lieben. Der Schmerz, den ich durch Jack erlebt habe, war alles, was ich davon kannte, einen Mann zu lieben, und ich habe einfach vorausgesetzt, daß diese Art von Herzensleid wieder auf mich zukommen würde. Du hast jedes Recht, zornig und verletzt zu sein, Andrew. Ich habe nicht genug Worte, um dir zu sagen, wie leid mir alles tut.«

Sie unterbrach sich, als ihre Stimme zu zittern begann. »Aber heute morgen auf der Wiese habe ich endlich erkannt, daß du bei allem, was du tust, deine ganze Kraft einsetzt. Wenn du wahrhaft daran glaubst, gibst du alles, was du zu geben hast, sei es die Arbeit, Spiel, oder . . . oder Liebe.«

Er nickte, und in seinen Augen zeigte sich Interesse.

»Plötzlich war es so klar«, fuhr sie fort. »Ich mußte weit in die entfernte Zukunft gehen, um das Problem zu finden, das dich veranlassen würde, fortzugehen. Warum? Warum habe ich das getan, nach einem Problem in so ferner Zukunft suchen, meine ich?«

»Gute Frage«, sagte er. »Und die Antwort? Hast du sie gefunden?«

»Ja. Oh, Andrew, es war, weil wir in der Gegenwart und in der nahen Zukunft mit *keinerlei* Problemen und Hindernissen zu rechnen haben. Du läufst vor Problemen nicht davon. Du packst sie in ihrem Kern an und schaffst sie aus der Welt. Ich war so damit beschäftigt, meine Ängste festzuhalten, daß ich die Stärke, das Geschenk nicht erkannt habe, die deine Art, Probleme zu lösen, bedeutet.«

»Was genau willst du damit sagen?«

»Oh, Andrew, es tut mir leid, daß ich so dumm war. Als ich diese Mauern um mein Herz errichtet habe, habe ich es mir selbst unmöglich gemacht, eine erwachsene Frau zu werden. Du hast dich in ein dummes Kind verliebt. Ich weiß jetzt, daß wir es regeln können, wenn du ruhelos wirst. Und wir werden mit Heather nach

Disneyland fahren, damit sie Mickey Mouse treffen kann.«

»Memory?« sagte Andrew und wagte kaum zu atmen.

»Andrew, verzeih mir. Bitte? Heirate mich, Andrew. Bitte? Ich liebe dich, ich möchte deine Frau sein, deine Partnerin, deine andere Hälfte. Ich möchte, daß Heather dich als ihren Daddy bekommt und zusammen mit den Kindern aufwächst, die du und ich noch haben werden. Oh, Andrew, ich möchte, daß dieses Haus erfüllt sein wird vom Singen der Engel.«

Andrew versuchte zu sprechen, mußte sich aber räuspern, als seine Gefühle außer Kontrolle zu geraten drohten. Endlich breitete er seine Arme aus.

»Komm her«, sagte er mit rauher Stimme. »Oh, meine Memory, komm zu mir.«

Sie flog ihm geradezu entgegen und warf ihre Arme um seinen Hals, als er sie auffing und fest an sich gedrückt hielt. Lange Zeit sagte keiner von ihnen etwas, als sie sich dem Gefühl hingaben, den anderen, den sie liebten, zu spüren. Den anderen, von dem sie gedacht hatten, sie würden ihn nie wieder in den Armen halten.

Endlich warf Memory den Kopf in den Nacken und sah Andrew an. »Bitte, vergib mir« flüsterte sie.

»Es ist erledigt, vorbei, begraben in der Vergangenheit, zusammen mit all den anderen erledigten Dingen. Was wichtig ist, ist das Jetzt und all die Tage und Nächte, die kommen werden.«

»Willst du mich heiraten?« fragte sie und begann zu lächeln.

»Ich denke, ich kann das in meinem Terminkalender unterbringen«, erwiderte er, und die Falten der Anspannung verschwanden von seinem Gesicht. »Ich bin ein beschäftigter Pekannuß-Pflanzer, mußt du wissen. Ich liebe dich sehr, Memory, und als ich geglaubt habe, daß ich dich verloren hatte, bin ich ein sehr unglücklicher Mann gewesen. Es gibt nichts, womit wir nicht fertigwerden können, wenn wir es gemeinsam tun. Nichts kann uns besiegen.«

»Ich weiß das jetzt. Ich bin nur dankbar, daß ich es noch rechtzeitig erkannt habe. Andrew, ich liebe dich, ich liebe dich, ich liebe dich.«

»Gleichfalls«, sagte er, dann verschloß er ihre Lippen mit seinem Mund.

Der Kuß war tief und wild, verriet den Schmerz, die Zweifel, die Einsamkeit und die Ängste, die jetzt vorbei und für immer vergessen waren.

Der Kuß wurde zärtlicher, forderte Liebe und gab Liebe, war verzeihend, frohlockend, bestätigend und verständnisvoll.

Und der Kuß entfachte die schwelenden Funken des Verlangens in ihnen, entzündete sie zu einem lodernden Feuer der Leidenschaft.

Andrew stöhnte auf. »Memory . . .«

»Schnell, Andrew«, sagte sie atemlos. »Laß uns auf den Memory Mountain gehen und uns zwischen den Wildblumen lieben. Dort sind wir uns zum ersten Mal begegnet. Dort werden wir unser Versprechen für die Ewigkeit besiegeln.«

»Perfekt.«

Und das war es.

Die Natur hatte ihnen ein Bett aus Wildblumen bereitet, auf dem Memory und Andrew davongetragen wurden.

Und als sie hinaufschwebten zu ihrem ureigensten, magischen Ort der Liebe, waren sie von unzählig vielen Engeln umgeben, wurden sie begleitet von deren wundervollem Singen.

ENDE

Band 58 120
Olivia Ruprecht
Insel der Liebe
Deutsche Erstveröffentlichung

Berichte darüber, daß im Bermudadreieck hin und wieder Schiffe verschwinden, hat Diana oft gehört – und immer für pure Erfindung gehalten. So genießt sie unbeschwert die Kreuzfahrt in das angeblich gefährliche Gebiet, bis sie eine böse Überraschung erlebt: Das Schiff sinkt, Diana geht über Bord und verliert das Bewußtsein.
Als sie die Augen wieder aufschlägt, findet Diana sich am Strand einer gottverlassenen Insel irgendwo in der Karibik wieder, wo nicht viel Hoffnung auf baldige Rettung besteht. Diana ist verzweifelt – doch dann sieht sie sich den Mann genauer an, der mit ihr an Land gespült worden ist. Plötzlich hat sie es gar nicht mehr so eilig damit, gerettet zu werden . . .